古典講演シリーズ 4

歌謡

——文学との交響——

国文学研究資料館 編

臨川書店

目次

旱歌と道行

――菅原道真の旅を中心に――

外村　南都子

外村　南都子（とのむら　なつこ）　昭和一〇年（一九三五）生まれ
白百合女子大学教授
主な論著　『早歌の創造と展開』（明治書院、一九八七）
『梁塵秘抄』（共著、小学館、一九八八）
『早歌全詞集』（共著、三弥井書店、一九九三）
『中世日記紀行集』（共著、小学館、一九九四）

はじめに

題目にあげた早歌については、あまり知られていないと思いますので、その概略を述べることから始めたいと思います。

早歌というのは、次頁の表の上段に示した宴曲集から玉林苑まで八部十六冊の撰集と外物の形で一七三曲伝わる長編歌謡で、成立は鎌倉時代後半です。撰要目録巻というのが別にあって、各撰集の成立年月と各曲の曲名・作詞作曲者名が記されています。上段の和数字（西暦）のうち、一三〇一年以下ですが、その五年前の永仁四年（一二九六）に真曲抄ができていたことが、円徳寺蔵本の明空の記述によって知られます。「惣十首異説等校点畢　於末代可為正本云々　永仁四年二月三日　明空在判」とあるもので、応永三年（一三九六）の坂阿の署名・花押つきの本です。この坂阿の花押つき署名は、書の専門家による歌詞に、自筆で詳密な朱墨譜をつけて「正本」として証するものとして、巻末に付されています。従来、円徳寺本の他、京都府立資料館本の宴曲抄上（一三九五）

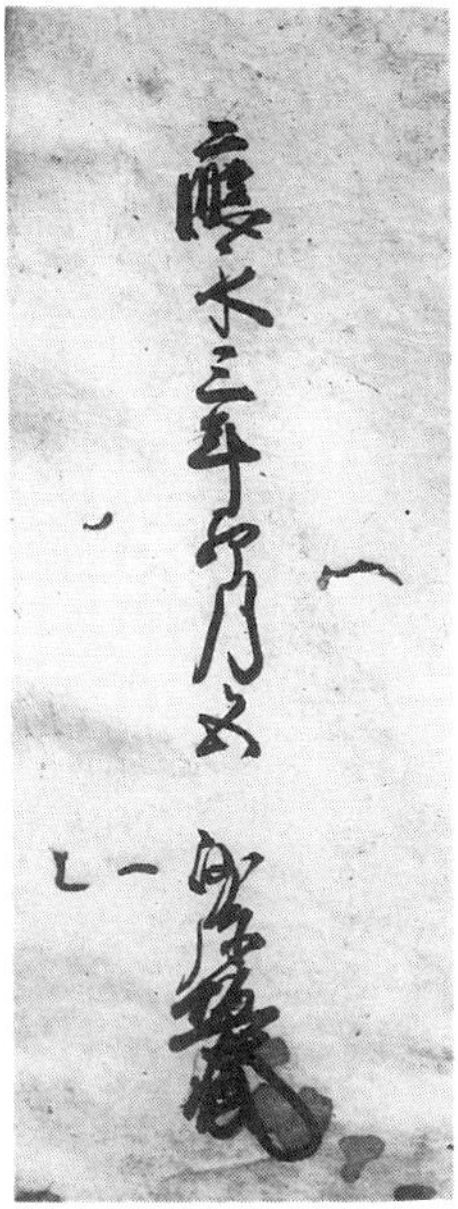

真曲抄の奥書（円徳寺蔵本）

表 早歌各曲と道行

	撰集	旅の曲	寺社物	古典物	その他
一二九六以前	宴曲集一 四季部				春・夏・秋・冬 郭公・春野遊・ 秋興
	同 二 賀部付神祇				
	同 三 恋部			源氏恋	名所恋・滝田河
	同 四 雑部上付無常	海辺・海路 海道上・同中・同下 羇旅 留余波・行余波		楽府・伊勢物語 源氏	恋
	同 五 雑部下付釈教				山・年中行事・草
一二九六以前	宴曲抄上		熊野参詣・同二・同三・同四・同五 善光寺修行・同次		道
	同 中		三島詣		
	同 下			狭衣袖・狭衣妻	馬徳
一二九六	真曲抄				夢

一三〇一　究百集　長恨歌　十駅
一三〇六　拾菓集上　南都霊地誉・同并・巨山景　五節本・同末
宇都宮叢祠霊瑞
滝山等覚誉・同摩尼勝地
同　下　旅別　遊仙歌
一三一四　拾菓抄　旅別秋情　得月宝池砌・江島景・諏方効験
別紙追加曲　聖廟霊瑞誉・同霊瑞超過　源氏紫明両栄花　琵琶曲
鹿島霊験・同社壇砌
補陀落霊瑞・同湖水奇瑞
巨山霊峯讃・同砌修意讃
一三一八か九　玉林苑上　鶴岡霊威・永福寺勝景・同砌并
鹿山景・竹園山誉讃・
同砌如法写経讃
同　下（以上一六一曲）　山王威徳・背振山霊験・同山并
不明　外物（一二曲）　石清水霊験　司晨曲
一三一九　異説秘抄口伝巻（異説　四八）
一三二二　撰要両曲巻（両曲　四八）
撰要目録巻

が知られていましたが、最近、冷泉家時雨亭文庫本に多く伝存することが複製本によって紹介されました。真曲抄の場合、残念なことに末尾を欠いており、奥書の部分はありませんが、他に、宴曲集三（一三九一）、宴曲抄上（同）、宴曲抄中（同）、宴曲抄下（一三九二）、究百集（同）、拾菓集上（同）、玉林苑下（一三九四）の分が伝存し、宗光の識語によりもと十六冊の揃いであったことが知られます。想定された早歌の伝本の在り方を証明する貴重なものです。同文庫には、この他にも無署名ですが、生きて歌われていた当時の譜本が多く伝えられています（冷泉家時雨亭叢書44・45『宴曲上』『宴曲下』朝日新聞社、平成八年七月）。

早歌の譜本は、このような実際に歌われていた頃のものが、全国の文庫等に全巻にわたって伝わっているのです。撰集の順序はこの表のとおりで、初めの宴曲集と宴曲抄は一二九六年より前に成立していたらしいのですが、記載はありません。最初の宴曲集だけに部立てがあり、曲の内容からみても古い曲が含まれているようで、作者の検討から古い曲は一二七〇年代までさかのぼると見られています（外村久江『鎌倉文化の研究―早歌創造をめぐって―』三弥井書店、平成八年）。早歌の各曲は、これ以後、替え歌の異説・両曲（曲の一部を替えたり小曲を付加したりする）の集成が終わった一三二二年までの五、六十年の間にできたものと見られます。外物は番外曲とみられ、年代不明ですが、一三二二年ころに集められたのではないかと推察されます。

早歌の作詞作曲の大半は撰者の明空（後に月江と改名）の手になりますが、他に一曲から五、六曲、作詞作曲の一方か両方をしている比企《ひき》助員《のすけかず》ら三十数人の名がみられます。これらの人々の検討によって、早歌が鎌倉を中心とする関東文化圏において成立したことが、外村久江氏によって明らかにされました（『早歌の研究』至文堂、昭和四十年）。そうして、次のように、約三十年ごとに異説と両曲を受け伝えていった名手の系列が判明しています（尊経閣文庫本異説秘抄口伝巻・慧照本撰要両曲巻）。

一三二五　　一三五七　　一三九二　　一四二五　　一四六三

明空（月江）……→二宮信貞（道阿）――→坂口盛勝（坂阿）――→坂口盛幸（口阿）――→山内盛通（宗友）――→高橋富職

一三〇六　六十余歳（一二四五？〜一三一九と二一の間）　　一四三六　九十歳（一三四七〜一四四四？）

比企助員（明円）

〈参考〉観阿弥（一三三三〜一三八四）　世阿弥（一三六四？〜一四四三？）

最初の一三二五年の時は明空はすでに没していて、弟子の比企助員が働いている模様です。いま伝わる本に記されているのは一四六三年の伝授までですが、記録などによると、一五〇〇年代の半ば、あるいはもう少し後まで伝授されていったものと思われます。中世の終わりまでだいたい二百年あまり歌われた模様です。歌った人の中心は、この顔ぶれを見てもわかるように幕府に近侍する階層の武士です。早歌は実力主義で五音音曲の達者だから伝授すると書いていて、親子とは限りませんが、坂口盛勝・盛幸のところは、たまたま父子相伝となっています。ちょうどこの頃が、横に参考としてあげておいた能の観阿弥・世阿弥父子の時期にあたり、早歌の方では他にも多くの名手が輩出した中興期にあたっているのです。

題目の一方にあげた道行については、改めて説明することもないと思いますが、上代から近代まで、日本の文学や芸能に、幅広く、さまざまなジャンルにわたって見られるものです。芸能の小段の名としても出てきますが、とくに中世から近世あたりでは、独特の文体として現れ、文体をさす場合、道行文と文をつけて区別して呼ぶこともあります。有名なのは、中世の軍記物とくに『太平記』の東下りの道行や、近松に代表される浄瑠璃の心中道行ですが、能も道行と切っても切れない関係にあります。ワキの道行の途中のある場所にゆかりの人物の亡霊が現れるという夢幻能の形が、もっとも多い形式をなしているからです。

道行については、古く戦前に、志田延義氏らの研究(『日本文学論素描』成美堂、昭和十一年など)があり、芸能・文学の広い分野にわたる展開を辿る試みがなされました。民俗学や哲学など、さまざまな立場から、本質論も試みられ、かなり活発だったようです。戦後は、各ジャンル別に取り上げられることが多く、軍記物や浄瑠璃・歌舞伎など、それぞれの分野についての論考が主流をなしたようですが、近松の道行からさかのぼって能まで到達された角田一郎氏の研究が進行中です（「道行文研究序論（1）」、『広島女子大学文学部紀要』1、昭和四十一年三月、以下一連の論文）。また、国文学研究資料館の客員教授であったジャクリーヌ・ピジョー氏（パリ第七大学元教授）にも「道行文」というフランス語の博士論文があります（Jacqueline PIGEOT "MICHIYUKI-BUN", Editions G.-P. Maisonneuve et Larose 1982）。どうも道行や紀行というのは外国の研究者の方が関心をもたれるような傾向が一時は強かったようで、日本文学独特のものだからかと興味深くみていましたが、古典のシリーズ物にも最近ようやく紀行が入るようになりました。そういう動きと連動しているかのように、最近、改めて道行というものを問い直そうとするような論考がいくつか見られることは、注目されることです（高橋文二「道行としての物語―「須磨」巻、別離の場と「幻」巻、四季巡行の場を軸に―」（『源氏物語の探究』第十四輯、平成一年九月）、大久間喜一郎「道行詞章の論理」（『日本歌謡研究』25、昭和六十一年二月）、深澤昌夫「道行文体試論」（『日本文芸論叢』8、平成二年三月）など）。

早歌については、先ほどの戦前の論の中で、「海道」を中心に、他は曲名をあげるくらいですが三大道行がとりあげられ、また、延慶本『平家物語』の重衡の東下りのところに「海道」の三分の二くらいが取り入れられていることが指摘されました（野村八良「根来本平家物語と他書」『史学雑誌』、大正四年四月）、同「文学史上の宴曲」（『宴曲全集』早稲田大学出版部、大正六年一月））。戦後になって、乾克己氏の「熊野参詣」に関する論文があります。熊野九十九王子社の名が多くおりこまれていることや実地調査の結果、意外に現地の状況に即しているとされました（「宴曲抄「熊野参詣」の研究」、『房総文化』3、昭和三十五年十一月、『宴曲の研究』桜楓社、昭和四十七年所収）。また、同曲について、外村久江氏により、中世武士社会の熊野信仰の盛行、熊野講との関連が指摘されるなど、早歌の三大道行を中心にその文化史的背景が解明され、道真の旅についても、後にお話しするように、言及がみられます（前掲二書）。私も旅の曲を中心にいくつか論考を発表してきましたが、(注1) まだ早歌全体にわたって道行との関係を見ようという試みはしたことはありませんでした。今回は、傍題に示したように、これまでふれたことのない菅原道真の旅を中心に、早歌と道行というものを改めて考えてみたいと思います。

早歌の旅の曲と寺社物における道行

先ほどの表の宴曲集の部立てには羇旅はなく、曲名に使われていますが、雑の上が旅にあてられているようで、「海辺」「海路」以下八曲入っています。次の行の「熊野参詣」と「善光寺修行」は、旅の曲であるとともに、寺社物でもあるということで、途中に置きました。その他、拾菓集下に「旅別」、拾菓抄に「旅別秋情」の曲があります。以上、十七曲が早歌の旅の曲で、全体の一割を占めます。このうち、曲名に同、同じくとあるのは連作物で、三組含まれています。「海道」三曲は東海道のいわゆる東下りの道行、「熊野参詣」五曲は京から熊野三山までの参詣道行、「善光寺修行」二曲は、鎌倉から信濃の善光寺に至る参詣道行です。この三種の道行は詳密な地名列挙をもった道行文です。どのくらい詳密かというと、「海道」には順路の地名が八十三入っていますが、鎌倉期の紀行と比べてみますと、『海道記』が九十二で最も多く、他は六十代以下です。ちなみに『太平記』の道行は四十三、『平家物語』（覚一本）のは二十九です。「熊野参詣」の場合は、地名とともに、熊野九十九王子社の名がおりこまれ、さらに詳しく、全体で百十五となっています。「善光寺修行」については歌詞の一部（一曲目の初め）を引用して説明します（早歌の歌詞は『早歌全詞集』外村久江と共著、三弥井書店、平成五年による）。

信濃《しなの》の木曾路甲斐《きそちかひ》の白根《しらね》　思《おも》ひを雲路《うんろ》にはこばしめ　旅客《りよかく》の名残数行《なごりすこう》の涙《なみだ》　情《なさけ》を餞別《せんべつ》の道《みち》
に顕《あらは》す　穂屋《ほや》の薄《すすき》のほのかにも　伏《ふせ》屋に生《おふ》る箒木《ははきぎ》を　有《あり》とばかりもいつか見《み》む　吹送《ふきおくる》由《ゆ》
井《ゐ》の浜風音《はまかぜおと》たてて　頻《しきり》によする浦波《うらなみ》を　なを顧《かへりみ》る常葉《ときは》山　かはらぬ松《まつ》の緑《みどり》の　千年《ちとせ》も遠《とほ》き

行末《ゆくすゑ》 分《わけ》すぐる秋の叢《くさむら》 小萱苅萱露《をかやかるかやつゆ》ながら 沢辺《さはべ》の道《みち》を朝立《あさだち》て 袖《そで》うちはらふ唐《から》ころも きつつ馴《なれ》にしといひし人の 干飯《かれいひ》たうべし古《いにしへ》も かかりし井手《ゐで》の沢辺《さはべ》かとよ 小山田《をやまだ》の里《さと》に来《き》にけらし 過来方《すぎこしかた》を隔《へだつ》れば 霞《かすみ》の関《せき》といまぞしる 思《おもひ》きや我《われ》につれなき人をこひ かく程袖《ほどそで》をぬらすべしとは 久米河《くめがは》の逢瀬《あふせ》をたどる苦《くる》しさ 武蔵野《むさしの》はかぎりもしらずはてもなし千種《ちくさ》の花《はな》の色々《いろいろ》 移《うつろ》ひやすき露《つゆ》の下《した》に よはるか虫《むし》の声々《こゑごゑ》 草《くさ》の原《はら》より出《いづ》る月の 尾花《をばな》が末《すゑ》に入《いる》までに ほのかにのこる晨明《ありあけ》の 光《ひかり》も細《ほそ》き暁《あかつき》 尋《たづね》てもみばや堀兼《ほりがね》の 出難《いでがた》かりし瑞籬《みづかき》の 久《ひさし》き跡《あと》や是《これ》ならむ……

傍線をつけたのが順路に当たる地名とみられるもので、全体で六十近い地名がおりこまれています（鎌倉期の文献でこれほど詳しいものが他にないため、裏付けの得られない地名が含まれる）。漢詩風と和歌風の序をうけて、「吹送由井の浜風音たてて」からがいわゆる道行文になります。次の行の「分すぐる秋の叢　小萱苅萱露ながら　沢辺の道を朝立て　袖うちはらふ唐ころも　きつつ馴にしといひし人の　干飯たうべし古も　かかりし井手の沢辺かとよ」と、一見早朝の旅立ちを歌っている様な歌詞の中に村岡・柄沢の地名――これは『太平記』などにも出てくる古い地名です――が物の名風にすっぽりと隠されています。さらに、「唐ころも　きつつ馴にしといひし人」、つまり『伊勢物語』の九段の主人公のことを地形の類似ということから引き、その中に飯田と井手沢の地名がおりこまれています。このような具合に、もう少し先の「人をこひ　かく程袖を」のところに「恋が窪」が隠されているなど、たいそう手のこんだおりこみ方がみられます。『中楽談儀』の中で、世阿弥は、このようなおりこみ方について、「松が崎の能に、『松が咲きけり』と云《いふ》言葉、此《この》松が崎の能に規模なれば、人の耳によく入れんために、『そもや常盤の花ぞとは』など、先《まづ》論義に匂ひをあらせて、よき言葉を書けば、よき也。匂ひもなくて、事のつゐでに其《その》能の規模の言葉をちやと書けば、人も聞きとがめず、悪き也」（『日本思想大系』24、岩波書店、昭和四十九年）と書いています。「規模の言葉」として、能の破急の間の大切なところに使い、よく聞きとれるように工夫せよと言っているわけで、このような手法を重要視していることがうかがわれます。

こうして、一曲目は武蔵野を北上し、松井田にいたります。引用の終わりのあたりになりますが、「武蔵野はかぎりもしらずはてもなし　千種の花の色々　移ひやすき露の下に　よはるか虫の声々　草の原より出る月の　尾花が末に入までに　ほのかにのこる晨明の　光も細き暁」と、いっこうに曲名にある修行らしくない調子で旅の思いがうたわれて行きますが、これは二曲目になっても変わりません。道は山岳部にかかり、今の信越線沿いに長野市の善光寺にいたって、一光三尊仏を讃歎して曲が終わります。異説はこの結びの一部を独唱に替え、再び声を合わせて終わることで、讃歎の気持ちを強く表現するものです。三種の道行の中でも最も手の込んだ地名おりこみが見られるのですが、神仏への帰依の心をひたすら歌う「熊野参詣」に対して、世俗の生活に引き留められる思いを東国の自然の中に旅人の思いとして描いて行く「善光寺修行」の方が、地名列挙の意味がはっきりし、世俗の相における仏道讃歎という早歌の特色をよく表していると思います。つまり、執着を離れられない現世の生活の中に、生身の弥陀のおわす浄土への道が地名列挙の形で見え隠れに続いている、それを言葉に実際に表しているのが、ウルトラCともいうべきおりこみの技法なのではないかと思われるのです。

以上、「海道」「熊野参詣」「善光寺修行」の三種の長編道行が、従来、道行の展開の中で取り上げられてきたものですが、他にも旅の気分や別れの思いを主にした曲があります。「羇旅」は旅情を歌う曲ですが、後半は奥州、東北地方の歌枕や地名がおりこまれ、千賀の塩釜で結ばれます。「海路」は片瀬から舟をだして関西の浦の名から筑紫にいたり、中国の潯陽の名も出てきて、森戸に帰着するという船旅、「海辺」は海辺の気分を歌う曲ですが、関西や関東の浦の名が出てきて、やはり海の旅の感じの強いものです。「留余波」「行余波」「旅別」は送別の歌で短い曲ですが、想定した旅が道行風に歌われています。

「旅別秋情」の歌詞も引用して説明します。この曲は、初めに示されている旅と秋と恋の思いを融合した感じを五段構成で歌って行く曲で、実際の場所を意識させるものとしての地名は出てきません。

旅別《(りよべつ)》はこれ客《かく》のおもひ　行路《かうろ》は又友《とも》を忍《した》ふ　何《いづれ》も哀《あはれ》はかはらねど　殊《こと》にわりなく切《せつ》なるや餞別《せんべつ》は秋の情《なさけ》ならむ　思立《(おもひ)たつ》より峯《みね》の秋霧《ぎり》へだてつつ　過《すぎ》こし方《かた》も遠《とほ》ざかれば　麓《ふもと》の里《さと》をよそにみて　駒《こま》なべてむかふ嵐《あらし》の　跡《あと》よりしらむ横雲《よこぐも》の　たえだえ残《のこ》る篠目《しののめ》　又いつかは逢坂《あふさか》の　杉《すぎ》の梢《こずゑ》をすぎがてに　ほのかに招《まね》くかしの薄《すすき》　見てだにゆかんと　名残をとむる関《せき》の戸《と》を　明《あけ》てもしばしやすらへど　思《(おもひ)》とがむる人もなし　この山は雲に連《つらな》り　野原《のばら》は煙《けぶり》のすゑ遠《とほ》く　海《うみ》は波《なみ》を凌《しのぎ》ても　旅《たび》の情《なさけ》ぞ忍《しの》びがたき　東《あづま》屋のまやのあまりに恋《こひ》しければただかりそめの雨《あま》やどりに　立寄友《たちよるとも》の行摺《ゆきずり》にも　いざや古郷《ふるさと》人に言伝《ことづて》ん　わかぬすさみのおかしきは　主《ぬし》さだまらぬ狂妻《うかれづま》の　妻《つま》よぶ小鹿《をしか》の真葛原《まくずはら》に　なれも恨《うらみ》てねをたつるや　おなじ涙《なみだ》のたぐひならん　凡《およそ》日を続《つぎ》夜を重《かさ》ね　きても旅衣《たびごろも》の　露《つゆ》を片敷草枕《かたしくくさまくら》に　むすぶ契は化《あだ》ながら　思《(おもひ)》をのこす夜はの床《ゆか》に　蛬《きりぎりす》の声鬧《こゑいそがはし》き事《こと》をやげにさば嫌《きらふ》らん　いまはたさびしくよはる虫《むし》　秋の霜《しも》の置《おき》あへぬね覚《ざめ》をすすめつつ　やがて明行鳥《あけゆくとり》の音《(ね)》　そよや千種百種風《ちくさももくさかぜ》になびき　思《おもひ》みだるる苅萱《かるかや》　名《な》も睦《むつま》しき女郎花《をみなへし》の　花《はな》には誰《たれ》かめでざらむ　まばらにふける板《いた》びさしに　よるはすがらにねらねめや　北斗《ほくと》の星《ほし》の前《まへ》には　旅雁《りよがん》を横《よこ》たへ　南楼《なんろう》の月の下《もと》には　寒衣《かんい》のきぬたの音《おと》さびし　閨月《けいげつ》の冷《すさまじ》きを愁《うれふ》るも　ただ暁《あかつき》の空《そら》にあり　時《とき》しもあれや　秋の別《わかれ》をいか様《さま》にせん　さるは夜寒《さむ》の風いとはしく　はや長《なが》月の初《そ》三《(さん)》夜《や》　玉《たま》にまが

ふ露をみだり　弓にや似《に》たらん三日月の　入方《いる》見ゆる山の端《は》に　この心ぼそき雲間《ま》の光《ひかり》　蘭《らん》蕙苑《けいゑん》のあらしの　紫《むらさき》を砕《くだ》くまがきの菊《きく》　此花《このはな》開《ひらけ》て後《のち》は更《さら》に　花かつみかつみる色やなかるらん　あの露も涙もはらひあへぬ　旅宿《りよしゆく》の秋の夕ぐれ　野の宮《みや》の秋の哀《あはれ》　秋の名残《なごり》をしたひてや　伊勢まで遙《はるか》におもひおくりけむ

初めに「逢坂」、結びに「野の宮」と「伊勢」がありますが、これらは出会いと別れのイメージに主眼が置かれているものと思います。歌謡のことですから、この地名を実際の場所と結びつけた歌い方がなかったとは言い切れませんが、本来は場所とは関係がないものと思われます。結びにある『源氏物語』賢木の巻の晩秋の野宮の別れの場面は、序破急で盛り上げてきた「旅別秋情」という感じの具体化として、次期の能「野宮」に似た感じを既に漂わせています。このように、「旅別秋情」には地名列挙はありませんが、全体が実際に旅を行くように作られていて、これも一種の道行と見るべきではないかと思います。鎌倉時代にも地名列挙のない道行が存在したのです。前に述べた早歌の旅の曲は、地名に関して、「善光寺修行」と「旅別秋情」の中間に位置しているわけです。

表では旅の曲の下の段にあげた寺社物は、先ほど申し上げた「熊野参詣」と「善光寺修行」の連作をいれて、三十五曲、約二割にあたります。宴曲抄「三島詣」が曲名に「詣《もうで》」とあるのに縁起と勝景を歌っていますが、以後、この形がとられて行きます。参詣の道行とは違いますが、曲名に砌の字が付いたものが多く、その現場にあって、周遊しつつ所の有様を歌い、場所によっては、そこから見える眺望の中の歌枕などをあげるというように、道行とかかわりの深いグループといえるでしょう。二曲連作のものも多く、その場合、一曲が縁起、一曲が勝景を歌う形が見られます。

「永福寺勝景」の曲は、代々の将軍をはじめ、人々が遊覧に訪れたというこの寺の特色を反映して、二曲とも現場の様子を歌っています。廃寺ですが、最近発掘されました。ちなみに、早歌の成立と同じ頃、一三二〇年に鎌倉で一日万句の花下連歌が行われましたが、金子金治郎氏によると、この永福寺を舞台にしたかということです（「鎌倉花下万句の舞台」、『国語と国文学』、昭和五十二年五月）。一曲目の途中から引用します。

……さては金場を拝したてまつれば　安養の聖容は　無辺の光をたれ　浄瑠璃医王善逝《じやうるりいわうぜんせい》
一代牟尼《むに》の尊像　諸聖衆《しよしやうじゆ》皆をのをの　因位の誓約に答《こたへ》つつ　過現の利益《りやく》たのもしくぞや覚
る　宝池の水は瑠璃に透《すき》て　移れる橋を見わたせば　珊瑚の甃《いしだたみ》　玉の砂《いさご》　汀の浪に並寄《なみより》
て　鳧雁鴛鴦《ふがんゑんあう》は羽をかはして戯れ　苦空無我《くくうむが》と囀《さへづ》り　風《かぜ》常楽の響《ひびき》あれば　宝樹の梢にす
みのぼる　そよや梓弓《あづさゆみ》弥生なかばの比《ころ》かとよ　廻雪の袂も　花の匂にや移《うつる》らむ　閑けき
空の夕ばへ　糸竹《しちく》の調《しらべ》のたへなるも　兜卒《とそつ》の園《その》に異《こと》ならず　夏山の茂き時の鳥も　げにこ

の谷にてや初音《はつね》きかん　納涼　殊《こと》に便《たより》をえて　涼しき風を松陰《まつかげ》の　岩井の水をや結《むすぶ》らん
岸風《がんふ》に扇をも忘《わすれ》ぬべきは　先目《まづ》にかかる釣殿《つりどの》　帰《かへ》さも更に急《いそ》がれず　晩涼興を勧《すすむ》れば
いとこよなき砌《みぎり》なれや
（以上第一曲）
猶又《なほまた》ことにわりなきは　紅葉をかざす秋の興　行《ゆき》かふ山路《やまぢ》の　このもかのもにやすらひ
色々にみゆる諸人《もろ》の　袖の行摺《ずり》も　故々敷《ゆゑゆゑしく》ぞ覚《おぼゆ》る　やや冬枯の梢《こずゑ》さびしき山おろしの　音冴《さえ》
行《ゆけ》ばいとど今は　小夜《さよ》深《ふく》るまの　ゃ露を片《かた》敷《しく》狭《さ》筵《むしろ》の　床《とこ》もさこそはこほるらめ　雪の
朝《あした》の眺望は　よに又類《たぐひ》や稀《まれ》ならむ　されば或《あるい》は軽軒《けいけん》　轅《ながえ》をめぐらして　この上苑の塵《ちり》に馳《はせ》
或《あるい》は香騎　鑣《くつばみ》を並《ならべ》て　路辺《ろへん》の砂《いさご》に進《すすむ》　左に莅《のぞ》み右に顧《かへりみる》に　あの遊覧もただこの砌《みぎり》にあり
抑妙《たへ》なる霊地の様々《さまざま》なる中にも　法水底清き石井《いはゐ》の流《ながれ》　其源《そのみなもと》を汲《くみ》てしれば　絶《たえ》せぬ末《すゑ》ぞ
賢《かしこ》き　小河の谷と聞渡《ききわたる》も　水上近《ちか》き程なれや　又まばらにふける杉の屋　月もたまらず
漏《もり》くる時雨のあまそそきぞ　さびしき秋のね覚《ざめ》なる　げにさば宮城野の原　野田の玉河なら
ねども　開《さき》てはいつしか移《うつ》ろふ萩がやつるらむ　野分《のわき》の風ぞはげしき　勝地は多《おほ》しといへど
も　仙宮はただ此《この》ところ　亀《かめ》が淵と名をながすも　蓬莱洞《ほうらいどう》をやうかぶらむ……
（以上第二曲）

引用の初めのあたりは経典などに出てくる浄土を表す表現が見られ、寺社の姿に浄土を見ていることがうかがわれます。そうして、五行目の「そよや」から春夏秋冬、順を追って所の有様が描かれ、さらに傍線を引いた部分には寺域内の局地的名所の名がおりこまれています。たとえば、傍線の三番目には、「まばらにふける杉の屋　月もたまらず」のところに、杉の谷（すぎのやつ）が入っているという具合です。

このように、寺社物は取り上げた寺社の特色にしたがって、さまざまな形がとられていますが、その一部に道行を含んでいるといえるのです。それが最も強く出ているのが、熊野と善光寺の場合であるといえるでしょう。

早歌「聖廟霊瑞誉」「同霊瑞超過」における道行

以上見てきました早歌の道行は、寺社物も、原則的に特定の主人公を持たず、歌う人の誰もがそこに身を置くことができるようにまとめられています。これに対して、今回傍題にあげた菅原道真の旅は、寺社物に属する「聖廟霊瑞誉」の一部に含まれますが、例外的に特定の人の道行となっています。道真という歴史上の人物を祀った神社という特殊性によるわけですが、特定の人物の事績を歌うという点では、早歌の中では古典物に近いといえるでしょう。この点については、「伊勢物語」の曲を引用して後でお話しすることにしたいと思います。

まず、道真の旅を含む「聖廟霊瑞誉」の連作を引用します。別紙追加曲所収で、作詞作曲者は月江（＝明空）です。後期の作で、一曲が長い上に、連作でたいそう長大化していますが、全体の中で道真の旅がどのように表れているのかを明らかにするために、全文を引用することにしたいと思います。

夫栄花《それえいぐわ》の花《はな》を開《ひらき》し　槐門《くわいもん》のいにしへ　春《はる》の匂芳《にほひかうば》しく　贈《おくり》て一人師範《いつじんしはん》の　極《きはま》れる位《くらゐ》に　仰《あふ》がれまします今《いま》　秋《あき》の菓色《このみいろ》あざやかに　いとも賢《かしこ》き勅《ちよく》なれや　爰《ここ》にかたじけなくも　掲焉《いちはや》き霊威《れいゐ》を尊《たつと》めば　天満天神《てんまんてんじん》の尊号《そんがう》として　帝都《ていと》に近《ちか》づき給《たまひ》ては　鎮衛《ちんゑ》の権扉《けんひ》をおし開《ひら》く　先《まづ》遙《はるか》に本地《ほんぢ》を訪《とぶら》へば　補処《ふしよ》の大士十一面《だいじじふいつめん》の温顔《おんがん》は　慈悲喜捨憤怒布施愛語《じひきしやふんぬふせあいご》　様々《さまざま》のまなじりこまやかに　乃至宝瓶錫杖《ないしほうびやうしやくぢやう》の　三摩耶形《さまやぎやう》も化《あだ》ならぬ標示《へうじ》をあらはす　三十三身《さんじふさんじん》の変作《へんさ》は六趣《ろくしゆ》の塵《ちり》におなじく　四生《ししやう》の巷《ちまた》に身《み》を任《まか》せ　十九《じふく》にとかるる法《のり》は又《また》　語言三昧《ごごんざんまい》に答《こたへ》つつ随方諸衆声字《ずいはうしよしゆしやうじ》の実相《じつさう》に益《やく》ひろく　いたらざる道《みち》もあらじかし　近《ちか》く聖廟幼稚《せいべうようち》の　奇瑞《きずい》の旧《きう》記《き》を拝《はい》すれば　菅相公《かんしやうこう》の春《はる》の苑《その》に　花《はな》の貌《かほ》ばせ妙《たへ》にして　掌《たなごころ》のかざしの梢《こずゑ》は　栴檀二葉《せんだんふたば》をきざさしめ　試《こころみ》に問《とひ》し詩賦《しふ》の句《く》は　あの玉《たま》を連《つらね》てみだらず　露《つゆ》も滞《とどこほ》る詞《ことば》なく　せめてもあまりのすさみにや　いとひき立《たて》て手《て》にもならさぬ梓弓《あづさゆみ》　春《はる》の遊《あそび》の態《わざ》までも　猶其道《なほそのみち》にもはずれず　況《いはん》や折《をり》にふるる玉章《ぎよくしやう》　興《きよう》を催《もよほ》す金言《きんげん》　誰《たれ》か謂《いひ》し春《はる》の色《いろ》　東《ひんがし》より到《いたる》と　露暖《つゆあたたか》

にして　この南枝花始《なんしはなはじめ》て開《ひら》く　つららをむすぶ句には又《また》　氷水面《こほりすいめん》に封《ほう》じて　雪林頭《ゆきりんとう》に点《てん》ずとか　中《なか》にも有《あり》がたき不思議《ふしぎ》は　家《いへ》を離《はなれ》て三四月《さんしげつ》　落《おつ》る涙《なみだ》は百千行《はくせんこう》　此句《このく》を竊《ひそか》に連《つら》ねつつ殊《こと》に御感《ぎよかん》に納《をさむ》といへども　発言《はつげん》いまだ現《あらは》さざりし　金玉《きんぎよく》の光先立《ひかりさきだち》て　聞《きき》を外朝《ぐわいてう》の浪《なみ》にながしけん　何《いか》なる誉《ほまれ》なりけん　及《および》てもいかがは申尽《のべつく》さん　褒美《ほうび》の詞《ことば》も達《たつ》し難《がた》し　宜《うべ》なる哉《かな》や風月《ふげつ》の主《あるじ》と仰《あふ》がれ　天《あめ》の下《した》の玩《もてな》し　いたらざる阿《くま》やなかりけん　凡菅原《およそすがはら》の露《つゆ》の玉鉾《たまぼこ》の　道《みち》の道《みち》たる家《いへ》の風《かぜ》に　洒《そそ》かざる草葉《くさば》のすゑもあらじ　されば終《つひ》に鳳闕《ほうけつ》の雲《くも》を打払《うちはら》ひ　日月《じつげつ》の光《ひかり》をみがきつつ　影《かげ》なびく右《みぎり》に加《くは》はりしより　袖《そで》を列《つら》ねし左《ひだり》の司《つかさ》　いかなる中《なか》の隔《へだて》ならむ慮《おもんばかり》ぞ測《はかり》がたき　《定《さだめ》ざる世《よ》のさがなれば　昨日《きのふ》の現《うつつ》今日《けふ》の夢《ゆめ》よ　みしは化《あだ》なる習《ならひ》にて昌泰聖暦《しやうたいせいれき》の春《はる》とかや　都《みやこ》を霞《かすみ》の余所《よそ》にして　餞別《せんべつ》の愁《うれへ》は浮生《ふしやう》をもて　げに後会《こうくわい》を期《ご》せんや　君柵《きみしがらみ》と仰《あふぎ》ても　堰《せき》もとどめぬ涙河《なみだがは》　いかなる瀬《せ》にか沈《しづ》みけん　人遣《ひとやり》なりし旅《たび》の空《そら》　進《すす》まれぬ道《みち》に行々《ゆくゆく》も　猶帰《なほかへり》みし宿《やど》の梢《こずゑ》　野《の》にも山《やま》にも立煙《たつけぶり》　おなじ思《おもひ》にや咽《むせ》びけん　須磨《すま》の板宿明石潟《いたやどあかしがた》　恨《うらみ》はさても尽《つき》ねども　せめてもなぐさむすさみとや　口詩《くし》をたまひし駅《むまや》の治《をさ》まれる国《くに》の習《ならひ》とて　露駅《ろえき》を伝《つたひ》し旅《たび》の泊《とまり》　はしたなく遠来《とほくき》にけりと　浪《なみ》にひたすらしほなれ衣《ごろも》　余香《よきやう》を拝《はい》せし余波《なごり》までも　古郷《ふるさと》を忍《しの》ぶ妻《つま》なれや　哀《あはれ》を殊《こと》にそへしは　暁《あかつき》の夢《ゆめ》も尽《つき》はてし　観音寺《くわんおんじ》の鐘《かね》の声《こゑ》　都府楼《とふろう》の瓦《かはら》の色《いろ》　さこそはさびしかりけめ》　間行駒《ひまゆくこま》の心地《ここち》し

て　繋《つなが》ぬ日数《ひかず》を重《かさ》ねつつ　かしこの住居《すまひ》の萱《かや》が軒《のき》　十輔《とふ》の菅薦《すがごも》菅筵《すがむしろ》　片敷《かたしく》涙《なみだ》に床《とこ》なれて終《つひ》に常《つね》ならぬ世《よ》を告《つげ》　三年《みとせ》を送《おく》りし二月《きさらぎ》の　末《すゑ》の露《つゆ》は花《はな》より先《さき》に化《あだ》に散《ちり》　本《もと》の滴《しづく》の玉《たま》消《き》えし跡《あと》にも光《ひかり》や残《のこり》けん　かかりし程《ほど》にやたへや　人の心の浮雲《うきくも》に　屢《しばしば》霧《きり》の迷《まよひ》かとよ　秋《あき》の心《こころ》の晴《はれ》やらで　踏《ふみ》轟《とどろか》し鳴神《なるかみ》の　雲井《くもゐ》に天聴《てんてい》を驚《おどろか》し　様々《さまざま》の奇瑞時《きずいとき》を告《つげ》　神託度《しんたくたび》をや重《かさ》ねけん今一涯《いまひときは》の勅命《ちよくめい》は　眉目《びぼく》に似《に》たりといへども　左《ひだり》に遷《うつ》る名《な》をいとひ　二世《ふたよ》の怨《うらみ》をあらはひしも　理《ことわり》とぞやおぼゆる　しかれば果《はた》して　きはまれる台《うてな》に備《そなは》り　蘋蘩《ひんはん》の粧《かざり》厳《いつくし》く　礼奠《れいてん》の風《ふう》をあふぐなり

（以上第一曲「聖廟霊瑞誉」）

抑《そもそも》当社《たうしや》の霊験《れいげん》を　あだにしもいかがはゆふだすき　かけまくも賢《かしこ》き擁護《おうご》なれば　代々《だいだい》の臨《りん》幸《かう》にも先《まづ》　作文筵《さくぶんむしろ》を展《のべ》つつ　同《おなじ》く御遊《ぎよいう》の儀《ぎ》を調《ととの》ふ　是即神慮内証《これすなはちしんりよないしよう》の　納受《なふじゆ》に収《をさま》るのみならず　人倫外用《じんりんげゆう》の諸芸《しよげい》を　賞《しやう》ぜしむる故也《ゆゑなり》　かかれば節々《をりをり》の祭礼怠《さいれいおこた》らず　馬長《ばちやう》の勤仕《きんじ》も其品々《そのしなじな》を顕《あらは》して　腰差《こしざし》の花《はな》の色々《いろいろ》に　秋《あき》の挿頭《かざし》をや手向《たむく》らん　長《なが》きためしのしるしかは　山《やま》鳥《どり》の尾《を》の切符《きりふ》の　をのが様々《さまざま》に着《き》なせる笠《かさ》　故々敷《ゆゑゆゑしく》ぞ見《みえ》わたる　楽人十列《がくにんとをづら》の蹄《ひずめ》までも　即俗《そくぞく》而真《にしん》やがて其《その》　誠《まこと》の法《のり》の道《みち》　げにさば何《いか》なる睦有《むつびあり》て　賤《いやし》きあやこが居《きよ》を卜《しめ》　旅《たび》の台《うてな》の仮《かり》にも　光《ひかり》を此《ここ》に垂《たれ》たまふ　そよや静《しづか》におもんみれば　貴哉《たつときかな》や太政威徳天《だいじやうゐとくてん》としては　二世《にせ》の願望《ぐわんまう》を　遙《はるか》に兜率《とそつ》の雲《くも》に照《てら》し　大内山《おほうちやま》の麓《ふもと》には　あの右《みぎ》に近《ちか》き御垣守《みかきもり》　まのあたり賢《かしこ》き跡《あと》

をたれ　甍《いらか》を並《ならぶ》る瑞籬《たまがき》には　星《ほし》を連《つらぬ》る眷属神《けんぞくしん》　皆久遠《みなくをん》の如来《によらい》　往古《わうこ》の薩埵《さつた》　主伴《しゆばん》は時《とき》に随《したが》
ひ　区々《まちまち》の利益《りやく》を施《ほどこ》す　恨《うらむ》らくは外《ほか》には詐《いつは》れる道《みち》をいとひ　内《うち》には直《なほき》をあはれむ　今《いま》に位《ゐ》
次《じ》をみだらざる家例《かれい》までも　正《まさ》に直《すなほ》なる掟《おきて》たり　又殊《またこと》に奇特《きどく》の様《ためし》は　松《まつ》は千年万年《せんねんばんねん》の栄《さか》へな
れど　僅《わづか》に五更《ごかう》の中《うち》に　あの百尺《はくせき》の枝《えだ》を連《つら》ね　十八公《しふはつこう》の栄《えい》を　この北野《ほくや》の御注連《みしめ》に顕《あらは》し　梅《むめ》
は万里《ばんり》の波濤《はたう》を凌《しのぎ》つつ　東風《こち》吹風《ふくかぜ》に送《おくり》て　春《はる》やむかしの匂《にほひ》を　今《いま》に宰府《さいふ》の御垣《みかき》にあらためず
応用《おうゆう》は所《ところ》を分《わか》てども　済度《さいど》は偏《ひとへ》に　利物《りもつ》の信《まこと》をさきとす　国を守《まも》り　政《まつりごと》に光《ひかり》をそへ　理世安《りせいあん》
楽寺社《らくじしや》の号《かう》の名《な》にしほふも　都鄙《とひ》おなじく故《ゆゑ》あなる物《もの》をな　聞《きき》わたるも憑《たのみ》あるは　深《ふか》き誓《ちかひ》
に遇初河《あひそめがは》の　流久《ながれひさ》しき瑞籬《みづかき》の　潔《いさぎよ》き御影《みかげ》を清《すま》しめ　民《たみ》を撫《なづ》る袖《そで》しの杜《もり》も　茂《しげ》き恵《めぐみ》の梢《こずゑ》な
り　賑《にぎは》へる煙《けぶり》の竈《かまど》山も　猶此《なほこの》砌《みぎり》に遠《とほ》からず　さても貴《たつと》き跡《あと》を残《のこ》すは　正暦《しやうりやく》の宸筆《しんひつ》　壁《かべ》に
書《かき》たる言《こと》の葉《は》　化《あだ》ならず文殿《ふどの》に納《をさ》まる　加之《しかのみならず》伝教大師《でんげうだいし》の当初《そのかみ》　吾立杣《わがたつそま》の斧《をの》の柄《え》の　旧《ふり》ぬ
る世々《よよ》をかさねし後《のち》　大乗戒壇《だいじようかいだん》を彼山《かのやま》に建《たて》られしに　丞相《しようじやう》の尊筆《そんひつ》の御尊法《みことのり》に　戒珠《かいしゆ》の光《ひかり》
を磨《みがき》し　其徳高《そのとくたか》く聞《きこえ》つつ　叡山《えいさん》の嶺《みね》の重宝《ちようほう》と　誰《たれ》かは是《これ》を仰《あふ》がざりし　されば阿耨多羅三《あのくたらさん》
藐《みやく》　三《さん》菩提《ぼだい》の仏達《ほとけたち》　冥加《みやうが》あらせ給《たま》へと誓《ちか》はしめ　感応日々《かんおうひび》に光《ひかり》をます　其理《そのことわり》も好《よしみ》あれや
延暦《えんりやく》の余流《よりう》の基《もとゐ》までも　只此叢祠《ただこのそうし》の霊瑞《れいずい》の　余《よ》に又超過《またてうくわ》せる誉《ほまれ》なればなり

（以上第二曲「同霊瑞超過」）

別紙追加曲「聖廟霊瑞誉」（国文学研究資料館蔵本）

右のように、一曲目が道真の伝記を中心に天神として祀られるまで、二曲目には祭礼のことから、あやこへの託宣、飛び梅や松に関する奇瑞などが歌われ、後半には前述のように、太宰府天満宮のあたりの地名、「遇初河」「袖しの杜」「竈山」などを連ねた部分も含まれていますが、北野と一緒にしていることや、一曲目に道行が入っているためか、簡単なものになっています。

本題の道真の旅ですが、第一曲の後半、歌詞に《 》をつけたあたりです。終わりのところは、太宰府における生活を歌っていますが、簡単ながら途中の「須磨」「明石潟」の地名もあげ、「口詩をたまひし駅の　治まれる国の」のところに「むまやのをさ」をおりこむような手法も見られます。原作にない表現技法であることは言うまでもありません。この話は『北野天神縁起』(以下『縁起』と略す)には見えませんが、『源氏物語』須磨の巻にも引かれて有名で、『大鏡』巻二にもあります。しかし『大鏡』には、「むまやのをさ」は出てきますが、「口詩」の語は見られず、『源氏物語』の方に出ているので、『源氏物語』によっていることがわかります。早歌には『源氏物語』の引用が極めて多く、延べ一九一ケ所に及びます(『早歌の創造と展開』七四頁)。寺社物でも、例えば、「鹿島霊験」に「彼常陸の宮の任国」が出てくるように、関係がつけられれば引用したいという傾向が見られるので、この曲の場合も、意識しているものと思われます。

この旅の部分には、『早歌全詞集』(前掲)の頭注にあげておきましたが、『大鏡』にみえる「ながれゆく」の歌と「きみがすむ」の歌と「ゆふされば」の歌の他、「去年今夜侍清涼」の詩と「都府楼纔看瓦色」の詩が短く取り入れられています。『縁起』にも全部出てきますが、「ゆふされば」の歌は配所について一年後の作としていますし、間に「こちふかば」の歌や「家を離れて」の詩の話が入っていたりするので、『大鏡』の方によっているようです。その他に、『大鏡』にも『縁起』にも出てこない「浮生をもって後会を期せむとすれば　還って石火の風に向かひてうつことを悲しぶ(原漢文)」という詩が旅の部分の初めのところに引かれています。これは『和漢朗詠集』・下の餞別に道真として入っているので、これによると見られます。それから、「人遣なりし旅の空」のところは『古今集』八・離別の源実の歌「人やりの道ならなくにおほかたはいきうしといひていざ帰りなむ」によっています。いろいろなものを参照して、短く取り入れながら、律調のある和漢混交韻文といった趣にまとめられています。これまでは、先ほどふれたような長編道行の陰に隠れて、ほとんど注目されませんでした。わずかに、外村久江氏が、能の「東国下」の曲舞に関連して「こういう憂いをふくんだ道行は（中略）歌謡としては、菅原道真をとりあつかった聖廟霊瑞誉の曲中の配流の道行に先蹤をみることが出来る」（『早歌の研究』二八二頁）としているくらいです。軍記物への影響も「海道」の連作だけが取り上げられてきましたが、流人の道行という点からも、もう少し道行の展開の中で考えてもいいのではないかと思われます。

早歌の古典物の道行との比較

ところで、菅原道真の旅を描写した道行は、先ほどお話ししたように、連作第一曲の道真の伝記を歌う部分にすっぽりとはめ込まれているのです。一応《 》で括ってみましたが、どこからどこまでにするか、迷うくらいに、前後の詞章と区別のつけがたい文脈でつながっていると言わねばなりません。このような道行の在り方は、この曲に限るわけではなく、早歌の古典物の曲には、他にも例が見られるのです。表に戻りますが、寺社物の下に古典物として曲名をあげておきました。和漢の古典の内容を歌謡化した曲群で、これがまた道行と関係が深いのです（ただし、九曲のうち或女房作の「源氏」「源氏恋」は古い曲で少し傾向が違う）。明空の作はみな曲の山場に旅か旅に準ずるものを据えて、長い時間にわたってまとめるという方法を採っています。

「伊勢物語」の曲の場合も、曲の中央部のやはり歌詞の中の《　》で括っておいた部分が有名な東下りの旅で、「栖田河原」など、途中の地名もおりこんで、道行になっています。

昔男在原《むかしをとこありはら》の　其身《そのみ》は賤《いやし》といひながら　忝《かたじけなく》も奈良《なら》の葉《は》の　末葉《すゑば》の露《つゆ》の白玉《しらたま》か　何《なに》ぞととひし人もみな　危《あだ》なる契《ちぎり》のなからひかは　心《こころ》のおくは陸奥《みち》のくの　しのぶの里《さと》の摺衣《すりごろも》　思《おもひ》みだるる涙《なみだ》より　袖《そで》に湊《みなと》の騒《さわぐ》まで　一方《ひとかた》ならぬ迷《まよひ》にも　命《いのち》つれなくながらへて　初冠《うひかぶり》の往年《そのかみ》より　五十年《いそぢ》にあまる歳月《としつき》を　送迎《おくりむかふ》る春秋《はるあき》の　詞《ことば》の花《はな》の色々《いろいろ》に　しぼめる匂《にほひ》を残《のこ》しつつ　思《おもひ》おもはず花籃《はながたみ》　目《め》ならぶ人は大幣《おほぬさ》と　名《な》にこそ立《たて》れ百年《ももとせ》に　一年《ひととせ》たらぬ白髪《つくもがみ》　立《たち》よる老《おい》のなみまでも　情《なさけ》をかくれば武蔵鐙《むさしあぶみ》　さすがに誰《たれ》をか捨《すて》てし　我身《わがみ》一《ひとつ》はかはらぬに　おぼろけならぬ春《はる》のよの　月《つき》やあらぬと託《かこち》ても　見し面影《おもかげ》をや慕《したふ》らん　《あだしみやびのせめて猶《なほ》　すける心《こころ》の揭焉《いちはや》く　都《みやこ》をさへに住《すみ》うかれて　東路《あづまぢ》遙《はるか》に思立《おもひたつ》　浅間《あさま》の嶽《だけ》の夕煙《ゆふけぶり》　富士《ふじ》の高根《たかね》は時《とき》しらぬ　山路《やまぢ》の雪《ゆき》の明《あけ》ぼの　蔦《つた》の下道《したみち》や打払《うちはら》ひ　限《かぎり》なく遠《とほ》く来《き》にけりと

来《こ》し方《かた》を思《おもひ》つづけて　いと哀《あはれ》なる時しもあれ　名《な》も睦《むつま》しき鳥《とり》の音《ね》も　栖田河原《すみだかはら》の渡守《わたしもり》に
事問《とひ》わびし旅《たび》の空《そら》　物《もの》うきひなのすまゐなれば　この夷《えびす》心《こころ》もいさやさば　都《みやこ》の土産《つと》にいざ
といはむ　いつかは忘《わすれ》ん御吉野《みよしの》の　憑《たのむ》の雁《かり》もひたぶるに　我方《わがかた》にのみよると鳴物《なくもの》を》　久《ひさ》
方《かた》のあまり阿《くま》なき心もて　誰《たれ》に思《おもひ》をかけまくも　賢《かしこ》き神《かみ》のゐがきをも　強《つれ》き中《なか》の隔《へだて》とや
狩の使《つかひ》の仮《かり》にても　思寄《おもひよる》べき便《たより》かは　子《ね》一《ひとつ》ばかりの月影《つきかげ》に　丑三《うしみつ》までは語《かた》らへど　夢《ゆめ》うつ
つともわきかねてや　心《こころ》まよひに明《あけ》にけん　井筒《(ゐ)づつ》にかけしまろが長《たけ》　振分《ふりわけ》がみの戯《たはぶ》れ　落《おち》
穂拾《ほひろひ》し田面《たづら》の庵《いほ》　春日《かすが》の里深草《さとふかくさ》　長岡水無瀬小野《ながをかみなせをの》の里《さと》　菟原《うばら》の郡高安《こほりたかやす》　里をばかれずやか
よひけん　飯匙《いひがひ》とりし態《わざ》までも　忘《わすれ》ぬ情《なさけ》のつまなれや

この曲については以前に取り上げたことがあり、全体が道行的ではないかと書いたことがあります。この曲では、中世において全段の主人公とされた業平が、漢詩は作らず和歌のみですから、和文脈になりますが、本人の和歌や地の文章などを短く引用しながら、先の道行を中央にすえて一代記風にまとめています。その前後の恋の遍歴を歌う部分も、道行と同じように進んで行くのです。

異説はさらに次のような小曲を結びにつけるもので、ここにも関係の地名が含まれています。

妻《つま》もこもれりむさし野を　今日《けふ》はなやきそと歎《なげ》きわび　奥津白波立田山《おきつしらなみたつたやま》を　思《おもひ》をくりし夜《よ》

半《は》の道《みち》　誰《たが》むこがねと云《いひ》よりてか　栗原《くりはら》あねはの松までも　千年《とせ》を契《ちぎり》しくまならむ　おもふ事いはでやただにやみにけむ　げに我《われ》とひとしき人《ひと》しなかりしいにしへに　幾年月《いくとし》をすぐしても

両曲はもとの曲の結び近くの「井筒にかけしまろが長　振分がみの戯れ」の部分を次のようにとりかえ、『伊勢物語』二十三段の筒井筒の幼なじみの恋の話を特立させるものです。

奥津《おきつ》しら浪竜《なみたつ》田《た》山の垣間《かいま》見に　昔《むかし》を思《おもひ》合《あはせ》つつ　哀《あはれ》はなをやまさりけめ　井筒《づつ》にかけしふりわけがみもかた過《すぎ》て　長《なが》き契《ちぎり》のたえずのみ　春日《かすが》の里深草

「春日」以下はもとにもどるのですが、長い年月にわたる話が時間を追って非常に短く要約されています。これは明空最晩年の作で、一生この曲にこだわり続けたといえるでしょう。

「聖廟霊瑞誉」の曲の場合も、これらと同じ方法で作られています。天神様のことですから、初めは天神の本地、観音の霊威を讃歎することから始まりますが、「近く聖廟幼稚の　奇瑞の旧記を拝すれば」以下が道真の伝記になります。幼くして優れた漢詩を作ったことや、弓の技にも長けていたこと、漢詩が外国に伝わって評判になったことなど、本人の漢詩を主に引用しながら進んで行きます。そうして、右大臣にまでのぼり、左大臣の讒言によって左遷されることになり、この辺はぼかした言い方になっていますが、このあと、先の筑紫への道行になります。道行の部分の後は、「間行駒の心地して　繫ぬ日数を重ねつつ　かしこの住居の萱が軒　十輔の菅薦菅筵片敷涙に床なれて　終に常ならぬ世を告　三年を送りし二月の　末の露は花より先に化に散」と、任地での客死から、例の雷などによる恨みのことへつながりますが、際だった区切りはなく、ずっと続けて述べられています。連歌など中世文学と関わりの深い北野天満宮の『北野天神縁起』は、鎌倉時代の絵巻二種の詞書をはじめ、いろいろ伝わるようですが、内容は大筋では変わらず、前半は道真の伝記、後半に日蔵の六道輪廻のことからさまざまな奇瑞が語られています（真保亨『北野聖廟絵の研究』（中央公論美術出版、平成六年）、松本隆信『中世における本地物の研究』（汲古書院、平成四年）など）。早歌の先にあげた連作と『縁起』を比較してみますと、『縁起』に出てくる主要な事柄を取捨選択して順序などは変えて、『大鏡』など他の資料も参照して、再構成しているものとみられます。例えば、絵巻では大きく取り上げられている日蔵の六道輪廻のことは引かず、わずかに二曲目の「太政威徳天としては　二世の願望を　遙に兜率の雲に照し」のあたりに反映しているかと思われるくらいです。前半の伝記部分にしても、そのまま要約しているのではありません。『縁起』のはじめに出てくる「幼稚化現」のことはおぼめかした表現になっています。次の「幼稚詩作」のことのあたりには、安楽寺系本と言われる『縁起』本文と共通する「栴檀二葉をきざさしめ」などの表現も見られます。さらに、「弓遊」のことから、本人の詩歌を引用しながら進み、『縁起』の初めに出てくる「風月の本主」という部分を「風月の主と仰がれ」と取り入れています。そうして、菅原氏として右大臣まで上った後、讒言による太宰府行きへとつなげています。このように、一曲目には、初めと終わりに天神としての面にふれるものの、奇瑞のことは第二曲の方にゆずり、実在の人物の伝記としてまとめようとしているのです。

この伝記の部分については、和文脈と漢文脈がかっているという違いはありますが、本人の作品を短く取り入れながら、他の和歌の表現などもまじえて進んで行くやり方は、「伊勢物語」の曲などと同様で、「聖廟霊瑞誉」の方がよりいっそう同じ様な調子で一貫していると言うべきかもしれません。

このように、早歌の主人公をもつ道行が、その人物の一生の歩みを述べる中に同じ様な文体で現れることは、道行について考える上で、たいそう興味ぶかいものがあります。旅の部分だけでなく、ある人物の事績を述べた部分全体が一種の道行であるということになると、先の古典物の曲はすべて道行ということになるからです。

おわりに

もう一度表にもどりますが、一番下の段に、その他としてあげた曲は、曲全体にわたって、道行文の要素を持っていると見られるものです。「春」「夏」「秋」「冬」「郭公」「春野遊」「秋興」「竜田河恋」「年中行事」「草」や「五節本」「同末」の連作二曲は時の経過を辿っています。「名所恋」には歌名所が四十三、「山」には山の名が六十一も列挙され、しかもインド・中国・日本の関西から関東の鎌倉へという地理的構成をとっています。(注2)「十駅」は空海の十住心を道行風にまとめた長い曲です。(注3)「道」は老荘的な道を中心に、さまざまな道を道行風に歌っています。(注4)この他にも、部分的に道行の要素をもった曲は多く見られ、これまで折りにふれて述べてきましたが、煩雑なので省略します。このように、道行を要素に分ける考え方からすると、早歌の中のもう一つの大きいグループ、称徳物とか徳物と呼ばれているもので中期から後期には曲の大半を占めることになりますが、これはどうなるのか、関係の名所をあげるとか、故事や古詩・古歌を引く点は共通するけれども、今一つ納得できない点がありました。

　しかし、先ほどお話ししたように、菅原道真の旅がその一生の歩みを述べる歌詞の中に分かちがたく組み込まれていること、そのような在り方は古典物にも見られることから、特定の人物の事績を辿る道行ということを考えてみますと、称徳物も道行と深くかかわってくるのです。この称徳物については、表では代表としてほんの一部をあげるにとどめましたが、「道」「馬徳」「夢」「琵琶曲」「司晨曲」など、身のまわりのもの、動植物や楽器などの器物、抽象的なものなどをとりあげ、そのものに関する佳例をあげ、その徳を讃歎する曲群ですが、その中には、歴史上の人物や、和漢の古典の中の人物――早歌の場合、広い意味の本説という扱いで区別していませんが――短い中に時の経過を追い、その歩みを要約した部分が数多く含まれています。例えば、「司晨曲」は鶏を歌う曲で、有名な函谷の関の孟嘗君の故事が次のように短く要約して引かれています。

中にも旅寝の程もなく　遠里《とほざと》かけてこゑ声に　はやかけんろと鳴《なく》なれば　遠近人《をちこちびと》や急ぐらん
駅路《えきろ》はいづく白樫《しらかし》の　しらぬ山路《やまぢ》に踏《ふみ》迷ひ　隔《へだつ》る雲のそことだに　思《おもひ》もわかぬ木隠《こがくれ》
に　八声《やこゑ》の鳥の一こゑは　鳴《なき》てもいまだ夜《よ》や深き　孟嘗君《まうしやうくん》が越《こえ》かねし　函谷《かんこく》の関の鶏鳴《けいめい》

称徳物には、このような実際の旅に関する例も多く含まれています。曲名に取り上げた物の縁で引かれているわけです。短いながら道行とみるべきものも含まれています。たしかに、これらも道行への関心の深さを示すとも言えるでしょうが、多いといっても、称徳物の一部に過ぎません。しかし、同じような進行型の文体で特定の人物の事績を述べる部分は、称徳物の曲全体に不可欠な要素として存在するのです。その一例として、「夢」の曲の一部を引用します。

夢とやいはんさても彼《かの》　小野の里人をのづから　有《あり》とばかりの心あてに　尋《たづぬ》る道をしるべに
て　思《おも》はぬ山に踏《ふみ》まよふ　夢の浮橋《うきはし》浮沈《うきしづ》み　絶《たえ》ぬ命《いのち》のながらへても　有《あり》しむかしを忘《わすれ》めや

ここには夢の浮橋の巻に至る浮舟の歩みがリズミカルな韻文で短く要約されていますが、このあ

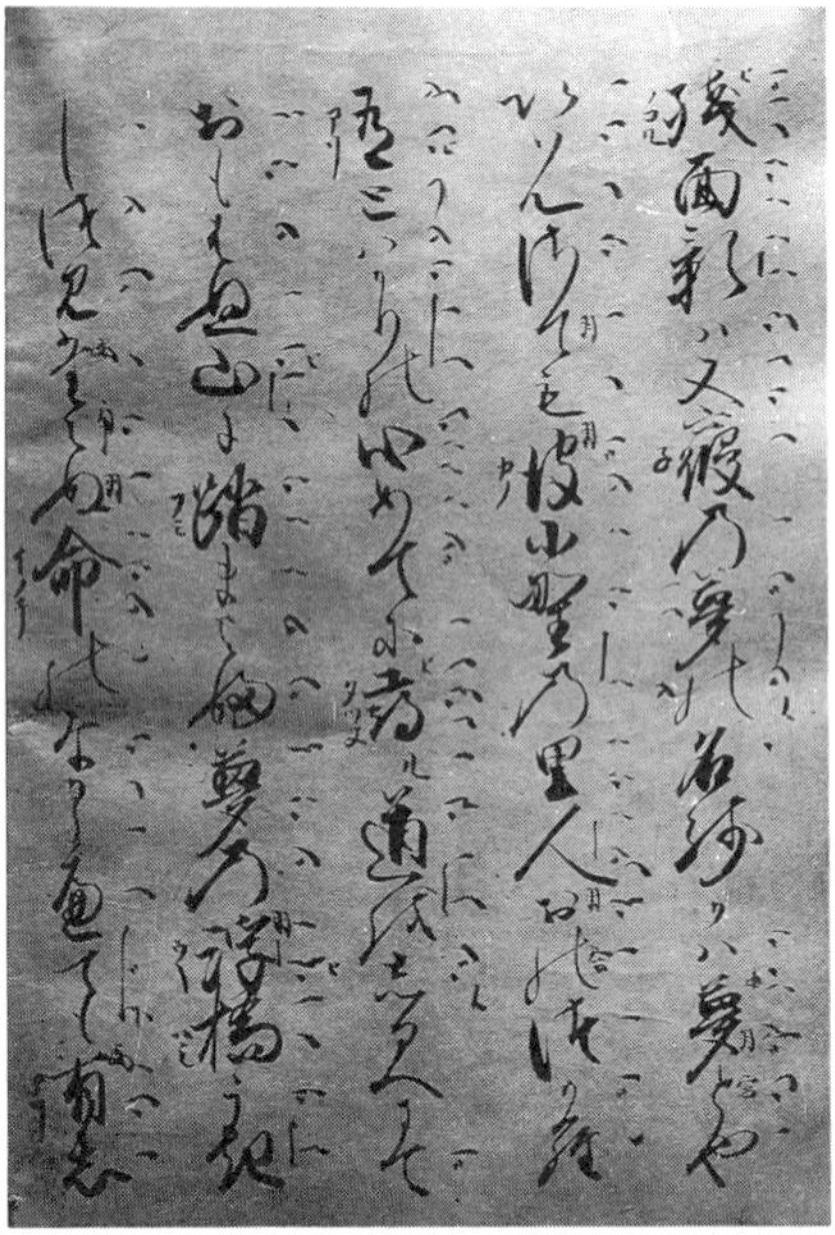

真曲抄「夢」（円徳寺蔵本）

とは「往時渺茫《わうじべうばう》として　都《すべて》夢《ゆめ》に似《に》たりとか」と、白楽天の有名な詩などの引用に移り、訖栗枳王《きりきおう》の十夢のことなどから最後は「如夢幻《にょむげん》泡影《はうやう》と説《と》かるるも　金剛般若《こんがうはんにゃ》の真文《しんもん》なり」と、曲が結ばれます。こういう浮舟のことも、前述の井筒の女のことを歌う「伊勢物語」の両曲も、短いながら一種の道行としますと、早歌から能への展開、能のクセの部分の解釈について、また、なぜ道行が生死の問題に深くかかわるのかという点について、見えてくるものがあるのではないでしょうか。この点については、改めてこれから考えてみたいと思っています。[注5]このように、称徳物の中に出てくるおびただしい人物の事績も、一種の道行と考えられるとしますと、先にあげた表のその他の段にほとんどすべての早歌の曲名が並ぶことになるのです。グループ別に述べてきましたが、人間の営為の道行的把握は早歌全体に及ぶのであり、早歌と道行は深い関係にあると言わねばなりません。

早歌について、外村久江氏は「声の曼陀羅図」と書いています（『鎌倉文化の研究』三六七頁）。その一こま一こまを構成する表現の原型が道行文にあり、その根底にあらゆるものに通ずる「みち」というものがあるのではないでしょうか。道行や道は、日本人の宗教心と深いところでつながっていて、その時代にもっともふさわしい形をとるのではないかと思われます。

（注1）『早歌の創造と展開』（明治書院、昭和六十二年）。旅の曲の他、後述の「永福寺勝景」「伊勢物語」「名所恋」「夢」などの諸曲についても論じているので参照されたい。
（注2）「早歌における物尽しの原点―藤三品作詞の三曲をめぐって―」（『国文白百合』二二、平成三年三月）
（注3）「中世歌謡と〝修行〟の道行―早歌を中心として―」（『日本歌謡研究 現在と展望』和泉書院、平成六年三月）
（注4）「早歌「道」について」（『国文白百合』二五、平成六年三月）

（注5）　その一端は「能の世界と源氏物語―先行歌謡の早歌との関連から―」（『源氏物語享受史』源氏物語研究集成14、風間書房）に発表予定。

『宗安小歌集』実見

——研究の再構築をめざして——

飯島　一彦

飯島　一彦（いいじま　かずひこ）　昭和三〇年（一九五五）生まれ
獨協大学教授
主な論著　「悠紀主基風俗歌の変容」（『日本歌謡研究』第二五号、一九八六）
『日本文学と女性』（共著、丸善プラネット、一九九三）
「清暑堂御神楽成立考」（『國學院雑誌』第九四巻三号、一九九三）
「新出の『梁塵秘抄』今様断簡について」
（『日本音楽史研究』第二号、上野学園日本音楽資料室、一九九九）

『宗安小歌集』研究史

ただいまご紹介にあずかりました飯島でございます。まず私のような者に、こういう機会を設けてくださいました国文学研究資料館長の松野先生はじめ、キャンベル先生、そのほかの方にも初めにお礼を申し上げたいと思います。

さらに今日のお話の中心になるわけですけれども、六十五年ぶりに公けになったこの『宗安小歌集』を間近に見て調査する機会が得られたことを、たいへん光栄に思っております。そのような気持ちでお話を始めたいと存じます。

私の話はこの「『宗安小歌集』実見」という題名にありますように、実際に見てどうかという題でお話しするわけでございまして、「研究の再構築をめざして」などというちょっと気負った副題をつけております。気負わざるを得ないというところもございまして、キャンベル先生からもご紹介が先ほどありましたけれども、あるいは午前中の展観の際の落合先生の解説にもございましたけれども、後でまた詳しく申しますが、この六十五年間、実際に『宗安小歌集』を見て研究をした人はいないのです。旧所蔵者の笹野先生以外はいなかったわけです。それが現実に多くの人の目に触れるようになったと、そのことをいったいどういうふうに考え直したらいいのかということで、お話ししていきたいと思うのであります。

お配りした資料の初めのところに0123というふうにまとめてございまして、(注1)このとおりに今日お話しできるかどうか、時間も短うございますのでちょっと端折るかもしれませんが、だいたいこのような順番でお話ししていきたいと思います。

初めに、その六十五年間の『宗安小歌集』というものの研究の歴史を簡単に振り返ってみたいと思います。研究を振り返ると申しましても、主な文献を掲げてざっと振り返る程度でございます。この『宗安小歌集』というふうに言われている書物、今日の展観の中心となっているものは、笹野堅という先生によって昭和六年四月に公けになりました。笹野先生ご本人がどのような経緯でお手に入れられたかというのは詳しくはわかりませんが、『国語と国文学』という雑誌で、この度こういう本を手に入れたという報告がなされております。そのときに、この本は実は題名がついていなかったものですから、笹野先生は『室町時代小歌集』という題名をおつけになりました。この題名が、いわばしばらくのあいだの研究の内容を象徴するような題名になっております。

と申しますのは、要するに中世の歌謡、歌謡というジャンルについてはまた後でお話ししますが、中世の歌謡の代表的な存在としての『閑吟集』そして『狂言小歌』、さらに近世につなぐ橋渡しの役をもっている「隆達節《りゅうたつぶし》」という歌謡がございまして、そのような流れのなかにさらに新しく資料が付け加わったわけです。室町時代の歌謡の流れ、近世に流れ込む前の歌謡の流れに、新しい資料が付け加わった。二二〇首ほどの小さな歌集ではあるけれども、『閑吟集』と重なる歌も多いし、これはまぎれもなく中世の歌謡集であるという意味で、このような名前をおつけになったわけであります。

さっそくその年九月に『室町時代小歌集』という題名の一冊の本となりまして、写真版で紹介されました。これがその本なのですが、天金と申しまして金が装丁してありまして、非常に立派な本です。実は私も持っておりません。最近は神保町に出ることも少なくなりまして、出ても何万円もするんですね。何となく手に入れそびれているうちに、こんなお話が来て、では僕も持たなければいけないかと思って探したのですが、実はこの二、三ケ月神保町で姿を見かけません。非常に高い本になっています。出るとだいたい三万か四万円はします。実際、出版されたときも、この昭和六年に四円八十銭という定価がついておりまして、円本が全盛の時代の直後ぐらいですか、もう不況に入っておりますし、当時の人に、やはり一冊四円八十銭の本というのはたいへん高かったのだと思います。笹野先生は、指導の教員、東大の先生ですけれども、その勧めに従ってこの本をお出しになります。当時としては非常にぜいたくなコロタイプという写真製版の方法を使って、初めにこのように本文の写真をずっと入れまして、その後これを活字に直したものを入れまして、さらにその四月に『国語と国文学』という雑誌に紹介した文章とほとんど変わらない文章を入れて、解説として一般に供したわけです。

　そしてこれを笹野先生が出版した後、これがあるんだからといって、現物はどうも、ほとんどどなたにもお見せにならなかったようです。いろいろ聞いて回ったのですが、私は見たという人に一人も出会いませんでした。戦後、昭和三十年前後に『続日本歌謡集成』という叢書が計画されますが、それは、高野辰之という方が編集した『日本歌謡集成』というのがありまして、その続編です。『日本歌謡集成』が出たときには、もちろん『室町時代小歌集』は発表されていなかったので、続編に入れたいというふうに思って、笹野先生のところにお願いしに行ったところ、もう実物を見せるどころか、その『続日本歌謡集成』に入れることさえ「うん」とおっしゃらなかったというような逸話を聞いたことがございます。どういう理由で笹野先生がそのような態度をとられたのか、僕はよくわかりませんけれども、とにかく結果として、そういう一般的な全集物にも入らずにずっと来てしまった本なのですね。

　結局その後、この『宗安小歌集』を研究しようとする者は、すべてこの本の写真版と翻刻の活字を利用して研究すると、そういう態度がずっと続いてきたのであります。お配りした資料の文献を掲げたところ(注2)を見ていただくとわかるのですが、笹野先生のお二つの論文とご本の後、藤田徳太郎さんとか浅野健二さん、志田延義さん、いろいろ続いていますが、これはすべてこの本を基にした研究なわけです。

ここに掲げた文献では、戦前の文献が藤田徳太郎さんしか挙がっていませんが、決して『宗安小歌集』に触れている論文がなかったというわけではないんです。つまり、ほかの中世のいろいろな歌謡ですとか『狂言小歌』ですとか、そういうものを研究する際には必ず言及されております。ここに挙げた論文は、メインとしてこの『宗安小歌集』の歌謡を扱った論文でございまして、たんに触れているという本を挙げれば、もうこの何倍にもなってしまうんですね。とにかく見過ごせない文献としてずっと意識はされました。ただだいたいが、やはり中世歌謡の推移と申しますか、音数律とか形式ですとか、そういうことを論じるために必ず用いられるけれども、これを正面切って論ずるという論文はほとんどありませんでした。

藤田徳太郎さんの論文も、これは一例として挙げたまでで、実はこれも『宗安小歌集』をメインで扱った文献ではありません。「近世歌謡形態の成立」とありまして、近世の歌謡の形態がどうやって出来ていったかというのを論じた論文です。ただそこに「附記」というのがございまして、これはその「附記」があるものですから取り上げたのです。今日の展観にも出ていましたが、『全浙兵制考』ですか、漢文の、中国の文献ですね。そこに『日本風土記』というのがあって「山歌」というのが載っております。その「山歌」に、実はこの本に入っている歌と同じ歌があるんだよというのを初めて指摘したのが、藤田徳太郎さんなものですから、大事な論文なので、一応挙げておきましたが、やはり『宗安小歌集』をメインに扱った論文ではありません。

したがって、『宗安小歌集』をメインに扱った論文なり本というのは、その後の浅野健二さんの昭和二十六年九月の新註国文学叢書の『室町時代小歌集』、これは注釈書ですが、それまで注釈書はないんですね。しかし、浅野先生の注もさほど詳しいものではありません。さらに浅野先生の論文が続きますけれども、これも韻律の面から、中世歌謡の音韻を考えているという論文でありまして、『宗安小歌集』を正面切って、という論文ではないのです。

やはり『宗安小歌集』自体を正面切って取り上げたというのは、志田延義先生の論文まで待たなければならないのです。「室町時代小歌集とその編者」という論文で、この編者を論じているわけです。ここで『宗安小歌集』研究の特殊性が出てまいります。

本日の資料展観の解説等を読んでいただくとわかるのですが、『宗安小歌集』というのは、宗安というお坊さんが編集した歌謡を集めた本を、久我《こが》有庵三休《ゆうあんさんきゅう》という男が紙に書いた、つまり、編者と筆記者がちがう本です。久我有庵三休という男につきましては、この笹野堅さんが、当初から村上源氏で大納言クラスの貴族を出す久我家の敦通《あつみち》という男であるというふうに述べておりましたので、有庵三休については、この時点ではまだ問題意識がなかった。宗安というのはだれかというので論じ始められたわけです。宗安という編者についてしばらく論戦が続くのです。その後の浅野健二先生、吾郷寅之進先生、荒木良雄さんとずっと続きまして、大友信一さんや北川忠彦さんあたりの本文の解釈といいますか、注解といいますか、そういうものが出てくるまでは、編者の宗安についての論戦が続きます。そしてさらに北川忠彦さんの量の大きい注解を挟みまして、吾郷寅之進先生が二つ「有庵三休と沙弥宗安」という形で編者と筆記者についてまた論じるわけですね。

ところがここでその論議に転機が訪れるわけです。小野由紀子さんという方の論文が二つ載っております。この論文は、『宗安小歌集』の筆記者久我有庵三休に対して、それまで信じられていた久我敦通という人ではないのではないかという、ほとんど爆弾発言的提議をなさいまして、実はそれが充分説得力があるものだったのですね。これに対してしばらくまた論戦が続くわけです。主に吾郷先生と小野さんとのあいだのやりとりで続くわけです。この辺りいろいろ問題があったのですが、それには触れません。結局、結果としてこの星印をつけておきました吾郷寅之進先生の『中世歌謡の研究』という本で、後で詳しく触れますが、その久我有庵三休というのは、久我敦通という説と、叔父の久我日勝《にっしょう》という人と二人の説があるけれども、やはり敦通が有力であろうというふうに論じて、だいたいそれでけりがついた。このことについては、今日展観のときに配られた、国文学研究資料館の資料館報に落合先生がお書きになった、『宗安小歌集』の書誌のところに、「序の作者久我有庵三休については、上記の紙片にもある久我敦通とする説と、その叔父日勝をあてる説があり、前者が比較的有力視されているようである」というふうにお書きになった根拠だと思います。

だいたいそこまでで編者、筆記者の論戦が終わりまして、その後こんどは注解、注釈の作業が本格的に進んでいくことになります。その間に、星印の井出幸男さん、これは後でまた詳しく触れますが、注釈を基礎にして、成立時期についてまた一つ意見を言う大事な論文が出ており、そして、北川忠彦さんの注釈書が単行本で出ました。それから竹本幹夫さんによって、今日も展観されておりますが、実践女子大学にある異本の『宗安小歌集』が報告されます。この異本の『宗安小歌集』をご覧になって竹本さんは、今日展示されている『宗安小歌集』が、もしかしたら久我有庵三休自身が筆記したものでないかもしれない可能性まであるという、これも爆弾発言的な指摘をなさっております。

その後は菅野扶美さんとか小川寿子さん、植木朝子さんのような方の論文を載せておきましたが、注釈が北川さんによって出揃って、さらにそのうえに一首一首をもっと細かく理解していこう、解釈していこうという努力の結果、北川さんの注釈を上回る、一首一首の精密な読みというのが、最近は進んでいるという状況であると言って良いでしょう。

現在『宗安小歌集』の研究はそのような状況を迎えているということです。実は最近のそういう一通りの注釈を基にした細かい精密な読みの展開というのは、中世歌謡研究会という研究会がございまして、私も属しているのですが、そこで昭和五十六年から平成七年まで、十数年にわたって『宗安小歌集』の輪講を行ってきたという、長い歴史があるわけです。そういうなかで精密な読みというのが問われてきました。

歌謡書成立の機縁

そういうような研究の歴史を辿ってきておりまして、先ほども言いましたように、このような研究のすべてがこの写真版によって行われてきたわけです。今回実物を見ることができ、そして話をしろという命を受けまして、私が、では今までのそのような研究史の流れの先に、何か申し上げることができるのかといろいろ考えまして、これからお話しするわけでありますが、具体的にお話しする前に、1として「歌謡書成立の機縁」というのを挙げました。これをやはり初めに押さえておきたいと思うのであります。

「a歌謡研究の方法」などというふうにおおげさに書きましたけれども、言いたいことはこういうことです。この資料展観の目録の初めにも書いたことなので、細かいことは書きませんでしたが、歌謡という研究対象というのはちょっと厄介なものでございまして、これはなぜかと申しますと、歌謡というのは「うたうウタ」です。ちょっと回りくどく言うと、声に出して歌われることで表現が完成する表現なんですね。これは一般の国文学の研究対象ですと、だいたいは紙に書かれて、それが読まれることで表現が完成すると、そういう形式をとるわけですが、歌謡というのは、そういうジャンルではないわけです。

例えば友久先生のご専門の囃し田の歌謡、あれは、囃し田をやっている方たちの頭のなかに、あの歌がいわばあるわけですね。そうでなければ集団の作業などできません。あるなかで、それを繰り返し繰り返し毎年歌う。あるいは琉歌などもそうです。池宮先生のご指摘にもありますが、琉歌は結局伝承の流れのなかにある。歌謡というのは全体的にそういうものです。歌われる場があって、そこで歌われることで表現が完成し、それが歌われることで受け止められて、またそれが伝承されていく。その場でパッと出た歌をその場で覚えるなんていうことは、たぶんよほどのことでない限りないと思うんですね。やはりみんなが知っている歌を歌っていく。それを確かめながらまた表現するというようなことが、長いあいだ続いていくわけです。その間に姿が変わっていきます。姿が変わるのが当たり前、言葉もメロディーも変わっていくのが本来の歌謡の姿です。

そういうものを対象として扱わなければいけないので、歌謡の研究者というのは、だいたいいつも手のなかからするりするりと歌が逃げていくような感じがするわけでありますが、そういう性格であるというのを、まず初めに頭に入れなければいけないと思います。ちょっと難しく書きましたが、歌謡というのは「うたうウタ」であって、これは音楽性を伴う音声言語表現である、本来的な姿はそういうことなんですね。で、音楽性を伴うというふうに言いますと、旋律があってリズムがあって、という、西洋音楽的な発想をとってしまうのですが、必ずしも旋律と言えない、必ずしもリズムと言えない、というようなものが伴う場合でも歌謡である場合があり得ます。

そういう「音楽性を伴う音声言語表現」は、日常の会話などとは違う、「非日常的な音声言語表現」ですが、「非日常的な音声言語表現」であれば歌謡であるという意味ではありません。例えば祝詞などというのも、非日常的な音声言語表現ですが、これはやはり歌謡ではないと思いますので、歌謡が非日常的な音声言語表現のなかに含まれるという意味です。

そういう性格をもった存在の歌謡を本に記すということが、いったいどういうことかというのを考えなければいけません。もう時間があまりありませんから、ぱっと済ませてしまいますが、この解説のところに、歌う歌が本に記されるきっかけというのはいったい何なのかということをいくつか書いておきました。伝承が絶えるのを嘆いて、伝承するために書く。あるいは現在琉歌は、一般の人はだいたい楽譜（工工四《くんくんしぃ》という）で覚えていくわけでありまして、三線《さんしん》を弾きながら楽譜で覚えていく。あれは楽譜、要するに教育もしくは伝授のための本ですね。

ただ沖縄の方の場合は、僕らがすでに失ったような歌謡との生活というのをもっていらっしゃいまして、いつも沖縄に行く度にうらやましいなと思います。この三月にも沖縄に行ってきまして、例の復元成った首里城というのを見て、出口を出て道を歩いていました。そしたらタクシーがそこにたくさん止まっているんです。ちょうどお昼ごろで、タクシーの運転手さんがお昼休みだったのだと思うのですが、車のなかで三線を弾かれているんです。先輩に教わって三線を弾いていて、僕と女房が「ああ、いいねえ」なんて言って見ていたら、照れながらその場で弾いて歌ってくださいました。タクシーの運転手さんが、自分の営業しているタクシーのなかで三線を弾いて歌を歌う。これがおかしくも何ともない世界です、沖縄というのは。

日本全国、昔はどこでもそうだった、とは言いません。フィールドワークをしていますと、どうも歌があまり好きでない地域というのもございますので、どこでもそうだったとは思いませんけれども、でも確かにかつては、沖縄のように、人々と歌が非常に近い生活をしていたところも、日本の本土のなかにはかなりあったように思います。いまでは沖縄地方にやはり、そういう生活がまだ残っています。さらに離島のほうに行きますと、奄美もそうですし、昨年八重山の竹富島というところの種子取り祭りというのに行きまして、たった二六〇から七〇人しかいない島民が、二日間にわたって七十数番という芸能を演じる。一人で五つも六つも出たりする人もいるわけですね。それがみんな歌や踊りつきである。とにかく頭のなかに、黙っていても歌が鳴り響いているような、そういう生活をなさっています。

そういう方たちを見て思うのは、歌詞を見ていても、頭のなかに歌が鳴り響いているのだろうということです。本来、歌が歌謡として書物に書かれるときは、書いた人の頭のなかに歌が響いているはずです。それが何の目的かはいろいろあると思いますが、本来頭のなかに歌が鳴り響いて字に書いている。そのことを僕らは忘れてはいけないと思うのです。ともすると、一般の和歌が書かれている歌集と同じように歌謡集も眺めてしまうかもしれない。散文と同様に、長い口説《くどき》とか謡ですとか、そういうものを読んでしまうかもしれない。しかし本来は、歌が頭に鳴り響いていたのだろうと、そういう想像をしてみなければいけないのだろうと思うのです。

『宗安小歌集』の成立

そういう立場に立って、では宗安小歌がいったいどうやって書かれたのかということを考えてみたいと思うのです。実は資料館の落合博志先生が、『国文学研究資料館報』第四八号に『宗安小歌集』の書誌については非常に詳しくご報告なさっております。展観をご覧になった方はお手元に渡っているはずですので、細かいことはそこで見ていただきたいと思います。落合先生がお書きになっていることは、私が調査したこととほとんど変わるところはございません。

ただ二、三意見を異にするところとか、あるいは落合先生が報告なさっていないところがございますので、その点について多少報告したいと思います。

一つは、ご覧になった方はおわかりになると思いますが、この本はきれいな裏打ちがしてある巻子本で、十九紙つながった本です。表装も非常に見事です。ところで、それをよく見てみますと、各紙、高さが三二センチ、横が四八センチぐらいあるわけですが、その各紙に、縦二本、折目が見えるのがあります。落合先生が展観のときにもご報告なさっていましたが、本文を間違えて書いて、鳥の子紙ですから削れるんですが、削ってもう一回書き直したところが十一ヶ所あります。そこが見ているとはっきりわかるんですね。なぜかといいますと、実は表装の裏打ちの糊が浮き出ているんです。色が変わっているんです、そこだけ。だからよくわかります。それと同じで、折目のところに、すーっと糊が浮いてきています。非常に厚く糊を打った感じがありまして、またご覧になっていただくとよくわかりますが、本文の紙より裏打ちの紙のほうが実は厚い

第○紙	横幅（cm）	折目、右から（cm）		
一	四六・八	一五・〇	一七・五	一四・六
二	四八・六	一六・四	一七・六	一四・六
三	四八・四	一六・三	一七・六	一四・五
四	四八・六	一六・四	一七・六	一四・六
五	四八・八	一六・五	一七・八	一四・六
六	四八・八	一六・三	一八・〇	一四・六
七	四八・六	一六・四	一八・〇	一四・六
八	四八・六	一六・二	一八・〇	一四・四
九	四八・六	一六・四	一八・〇	一四・四
一〇	四八・八	一六・二	一八・〇	一四・六
一一	四八・六	折目なし		
一二	四八・四	折目なし		
一三	四八・四	折目なし		
一四	四八・六	不分明	不分明	一四・三
一五	四八・二	一六・一	一八・二	一四・二
一六	四八・六	一六・一	一八・四	一四・二
一七	四八・六	折目なし		
一八	四八・四	折目なし		
一九	四二・八	一六・二	一七・四	九・三
軸紙	六・二			

（各紙縦は約32cm）

んですね。本文のほうが負けている感じがあります。

そういうので、アレッと思いますと、その縦の折目が見えるんです。ただこの折目を測ってみますと、上の表のようになります。この折目の一五・〇センチとかというのを足して、上の横幅にぴったりにならないところがあります。これはきちんと定規を上から押さえて測ったわけではございませんで、メジャーを横に並べて測っておりまして、フェルトの上で本文がたわんだりしておりますので、多少一、二ミリの誤差はあります。それはご勘弁ください。

で、測ってみますと、折目がわかる紙は、だいたい一六センチ前後、そして一七センチから一八センチ、そして一四・五センチ前後というふうに、同じ長さで折目がついています。初め、アレッ、この本は元は折帖だったのかなと思ったわけです。折帖というのは、つまりぱたぱたと畳めるようになっていたのかなと思ったわけなのですが、実はこの長さだときれいに折帖にならないんですね。折本にならないのです。きれいに畳めない。何かこう不整形になっておりまして、これはだから折本ではないだろう。

ではどうなっていたのかなと、いろいろ考えたのですが、結果から申しますと、よくわかりません。書いてから折ったとも考えられませんし。これは実は『宗安小歌集』を見ていただくとわかりますが、紙が重なっている上から字がかかって書いてあります。継ぎ目にかかって書いてありますから、元々紙をつないだ状態で書いているんですね。ですから、紙をつないだ状態で折ったのでないとすると、紙に書く前に折ってあったのかということになりまして、では折り方はどうかといいますと、左のような折り方で紙が畳んであったのだろうと考えざるを得ないわけです。

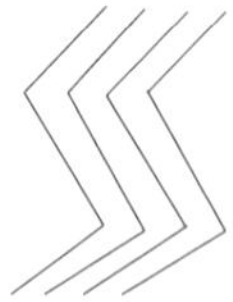

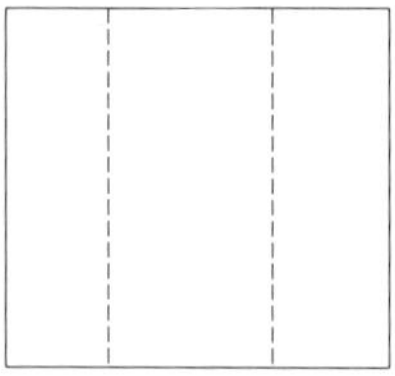

普通鳥の子というような厚い、高い紙で、長い巻紙、長い巻子にする、そういうところに書いていくときは、つないだまま書くときもありますけど、たいていは一枚一枚きちんと広げた状態で書いていってつなげていくというほうがたぶん多いと思うのですが、そういうふうには書いていないんですね。『宗安小歌集』というのは、どうも、何というんですか、そういうものを意識して書かれたような気もしないわけです。しかも、実際は裏打ちの鳥の子紙のほうがどうもいい紙のようでありまして、『宗安小歌集』本文に使われた紙は、いわゆる鳥の子紙、雁皮という材料を使ってあるわけですが、いくらか楮が混じっていて、最高級の鳥の子紙というのではなさそうであります。

そんなことを考えまして、もしかしたらこの宗安というお坊さんが久我有庵三休という人に序文を書いてもらって、本文も全部書いてもらうとき、お願いしに行くときに、懐か何かにこうやって畳んだ紙を持って行ったのかななどという妄想もいたしました。これは正しいかどうかわかりませんが。そういう折目がついているということ、これは不可解です。

それからもう一つ、表装についてちょっと細かく見ていきましたら、いろいろな点がわかりました。先ほど言いましたように糊が非常に厚くて、紙の薄いところは浮いているというようなところもその一つでありますし、あの表装をする前に一回補修をしているようです。その際に紙の薄いところが出来てしまって、そこにやはり糊が浮いてきておりますね。それから補修も、もしかしたら二段階ぐらいに分けて行われたかもしれません。それもたんに虫食いの補修ではなくて、変な穴があいているのです。何か引っかけてピリッと破いたような穴を補修していたりですね、そういうのを見ますと、あの表装を受ける前は、割に雑に扱われていたのかもしれないというような類推ができると思います。

さらに現在の表装が、実はあまりよくない表装のような気がします。いろいろ理由はあるのですが、一つだけ申し上げますと、初めに書かれたときには、紙を継いで、その継ぎ目にかぶせて字が書いてあるところもあるわけですね。そうすると継ぎ目の両側（左右の紙）に墨がのるわけです。鳥の子紙ですから、あまりなかに染み込むということはなくて、紙の上にしっかり墨がのるわけですが、それを表装するときには、紙をいったんはがして裏打ちをするわけですね。それでまた継ぐわけです。このときに、きちんと元のとおりに張れば、元のとおりに字がつながるわけでありますが、細かく見ていると、つながっていないところがあります。細い、〇・一から〇・二ミリぐらいの白い透き間があいているところがあるのです。それは何ケ所かあります。あまりいい腕の表装ではなかったのではないかと思いますし、さらにちょっと驚いたことには、その透き間があんまりはっきりし過ぎるところに墨を補ってあるところがあります。かなり手を入れた表装なんですね。このことがどういう意味をもつかは、またちょっと後でお話をしたいと思います。そのような現状でございます。

さて、このような現在の表装の状態になっている『宗安小歌集』が、本来はどのような目的で書かれたものだろうかということが問題になります。これは落合先生も資料紹介で書かれていることですが、現在までは笹野堅さんが『室町時代小歌集』というこの本でお書きになっているのが通説となっています。巻末の奥書に「右一巻宗安老予に對して此の序を請ふ。後覽の哢を顧ず醉狂の餘り（右一巻宗安老對予請此序不顧後覽之哢醉狂之餘）」、次が問題でありまして、「騎竹の年に與える爲に（爲與騎竹年）」というふうに読んでいらっしゃって、笹野さんは「この一巻は宗安老が予に對して此序を請うた、後覽の哢を顧ず醉狂の餘り騎竹の年即ち少年に與ふる爲に戯に筆に任せて之を書いたのだと解すべきであらうか」と書かれた、これがずっと現在まで来ております。疑問を呈した方もいないではありません。騎竹の年って、少年っていったい何なんだろうと。これは宗安というお坊さんの可愛がっていた稚児であろうかというような想像もなされているわけですが、僕はもう一つの読みの可能性もあると思うのです。つまり「騎竹の年を與（とも）にするがために」という読み方も成立するのではないかと思います。これは実はこういう読みをしてしまうと、宗安とこの有庵三休がほとんど同年配である、子ども時代を一緒に過ごしたという解釈になってしまうので、また大変なことになってしまうのですが、こういう可能性もあるだろうということだけお話ししておきたいと思います。まだ要するに、はっきりどういう理由で書かれたかわからないわけですね。

ただ一つだけはっきりしていることは、ここで先ほど述べたように、歌謡であるということを考えたときに、この本が書かれたときには、『宗安小歌集』に書かれていた歌が、少なくとも編者の頭のなかでは鳴り響いていたのであろうということを考えなければいけない。具体的にそれはまず序文、これは有庵三休が考えた序文なのですが、「沙彌宗安といふありふるきあたらしきこうたにふし〳〵をつけて」云々と続きます。つまり宗安という人は、古い歌新しい歌をよく知っていて、それに宗安流の節をつけたというふうに考えられるわけです。

これは竹本幹夫さんなどもはっきり「宗安節」と言っておりますが、宗安の頭のなかではそのように響いていただろうと、それを久我有庵三休という人に書いてもらおうとしたのだと考えられます。また、その歌謡が本に書かれるというきっかけを考えた場合には、この本をだれかに与えるかどうかは別の問題としまして、一つはこの宗安節、宗安という人が節をつけたその歌を、やはり形に残しておきたいという意欲があったのだろうというふうに考えたいと思います。

もちろんもう一つは、落合先生も先ほど資料紹介でおっしゃっていましたが、なかなか能筆であります。立派な字をお書きになっていらっしゃいます。宗安という人が自分で書かずに、三休という人に書かせたというのは、やはりこの三休という人の字がほしかったのだろうと。たんに能筆というだけではなくて、久我家という、まあ清華家ですね、要するに大納言とかそのくらいを出す貴族の家ですが、血筋がいいわけであります。村上源氏ですが。ですからその血筋のいい人の字がほしかった、いわば歌に箔をつけたかったという意識もあったのだろうと思います。したがって、血筋の貴い人のいい字を見る、いわば観賞用に書いてもらった、そういう面もあると思います。字を鑑賞しながら頭のなかで歌が響いているという、そういう状態が、宗安が手に取ったときには存在していたのだろうと思うわけであります。

ただこの久我有庵三休自身が、歌謡に精通していたかどうかはちょっとわからないと思います。これはほかの先生方とちょっと私は意見を異にするのであります。詳細は別の機会に譲りますが、本文や序文・奥書の書きぶりから見てそう思われるのです。

『宗安小歌集』の筆記者——今後の研究に向けて——

ではそういう目的をもったそういう本を、いったいだれが編者になって、だれが書いたかということがあらためて問題になります。結論から言っておきますと、吾郷寅之進先生の『中世歌謡の研究』からちょっと引いておきましたが、先ほど言いましたように、吾郷寅之進先生は、筆者は敦通のほうだろうとお考えになられた。日勝のほうでなく敦通であろうと。そして宗安というのは、はっきり言ってわからないというふうに書かれています。宗安というのは当時たくさんいたようでありまして、そこに記されただけで、なにしろ織田信長まで宗安と号していたらしいので、だれだかわからないわけですね。状況証拠しか残っておりません。はっきり言ってわからない。ただ、では敦通か日勝かという、その二人のうちの一人かに関しては、どちらかに言えたらいいのになと思うわけです。というのは、これは実は大事なことでありまして、系図を挙げておきました。

二十代
∴**通堅**
二位中将右大将
権大納言正二位
源氏長者
母武田入道従三位大膳大夫源信光女
号久我

二十一代
∴**敦通**
権大納言正二位
号久我
母佐々木氏母（女）

本國寺
住持
日勝
後号三休　還俗号
一尾淡路守今一尾ハ此裔也

これは國學院大學が持っている『久我家文書』のなかの「久我家系図」ですが、そこに星三つで通堅と敦通という親子が書かれております。これが久我家の正統を継いだ人でありまして、その通堅の弟に日勝というのがいるわけですね。日勝と敦通とは叔父・甥の間柄です。この日勝は、実は天正十五年（一五八七）六月六日、四十七、八歳、もしかしたら四十六歳ぐらいで亡くなっております。敦通は亡くなったのは実は寛永元年（一六二四）十一月二十三日、六十歳です。ここで四十年弱、三十数年の違いがあります。これが、実は中世から近世にかけての歌謡を考えるうえで非常に大きな意味をもってくるわけです。

と申しますのは、初めのほうに述べましたが、『閑吟集』あるいは『狂言小歌』そして「隆達節歌謡」という、今日はあまり詳しく触れられませんが、中世から近世にかけての歌謡の流れがあるわけですが、『宗安小歌集』をそのなかの、どこに置くか。問題は「隆達節歌謡」でありまして、「隆達節」というのは、堺に住んでおりました高三《たかさぶ》隆達という、元お坊さんで、薬屋さんのご主人ですが、この人が非常に声もよくて、音楽的なセンスがあったのでしょう、「隆達節」というのを非常にはやらせた。本日の展観のなかにも上野学園蔵の「隆達節」十一首、掛幅になって掛けてあります。たんに節づけがうまかっただけではなくて、美声であり、しかも字も能くした。ですから、字も鑑賞しながら歌も思い出すという、やはりそこにも歌謡の一つの享受の典型があるわけですが、その隆達の「隆達節」が盛んに行われたのが文禄・慶長のころだろうと言われております。「隆達節」自体は隆達が死んでからも元禄近くまでは細々と歌われていたようでありますが、その文禄・慶長のころと同じか前か、後か。この『宗安小歌集』の成立がそれにかかわってくるのであります。久我有庵三休という、この本を書いた人が、日勝であれば、隆達よりちょっと前か同時代くらい。敦通が書いたということになりますと、敦通は実は慶長四年（一五九九）に勅勘、天皇の怒りにあって官を解かれます。これは長橋局という女房に、勾当内侍だったのだそうですが、うっかり手を出してしまったということがありまして、出奔するんですね。それから要するに公けには久我大納言という名前を使わなかっただろうと類推するわけでありまして、きっとその慶長四年以降だろうということになるわけです。ほんの十数年のちがいしかないのですけれども、やはり先ほど言いました隆達と同じか前か後かという問題がありまして、非常に微妙になってきます。

先ほど吾郷寅之進先生は、敦通のほうが有力なのではないかと結論づけたというふうに申し上げましたが、実は根拠があまりはっきりはしておりません。一つは今回のポスターに、カラーで印刷されておりますのでよくわかるのですが、『宗安小歌集』の最後のところに、この久我有庵三休という人の花押があります。非常にしゃれた花押です。水鳥のように見える花押なんですね。

あれが敦通の通という字の崩し字だろうと吾郷寅之進先生は推測なさいました。

それからもう一つ、『顕伝明名録』という本に、久我敦通が有庵三休と号したというふうにはっきり書いてあります。それを根拠に有力だろうとおっしゃっているのですが、実は『顕伝明名録』というのは、古筆家でもあり目利きでもあり、そして色事に詳しかった、『色道大鏡』という本を書いた藤本箕山という人が書いた本で、これは慶安五年、一六五二年以降に成立した本なのです。藤本箕山というのは目利きとしても有名な人で、ちょうどその慶安五年以降というか、寛文とか延宝とか元禄とかという時代になりますと、昔のものに非常に目が行くようになって、古筆家が非常にもてはやされるようになります。秀吉のころから古筆家というのはかなり出てきているのですが、そのさなかに藤本箕山が、実は久我敦通が有庵三休であると言った。そのせいでこの小歌集が突然大事にされるようになった。大層な表装もされた。しかし、もしかしてそれが間違いだったらどうなんだろう。

と申しますのは、実は久我家関係の文書には、一切、敦通が有庵三休と号したという記録がないのであります。三休というのはこの日勝だけでありまして。で、この日勝という人がはっきり存在したというのは、先ほど申しました小野由紀子さんという人の論文のなかに出ております。一つつけ加えるとするならば、この日勝のお墓というのがございまして、これは京都の嵯峨野の

常寂光寺の久我日勝の墓（手前右側）

常寂光寺にあるのですが、彫ってある字が読めないというふうに小野さんや吾郷先生も報告なさっているのですけど、現在は読めます。これはいままで報告がないので、今日報告しておこうと思ってわざわざその写真と字を載せたのですが、この右側の小さなお墓が日勝のお墓で、「雙樹院三休日勝尊儀」と書いてございます。この一画は、常寂光寺のすぐ上の多宝塔のわきの、歴代の住職のお墓でございまして、並んでいる左のお墓が「金如院日是聖人」と書いてあるのがおわかりになるでしょうか。だいたいみなこの「聖人」と書いてあります。常寂光寺というお寺は、この日勝が死んでから出来たお寺でありまして、日勝のことは「聖人」とはしておりません。これはやはり還俗していたからだと思います。左側面にはっきり「天正十五年六月六日」、右側面に「南無妙法蓮華経」と書いてございまして、還俗したまま、還俗号としてたぶん三休というのを使っていたのだろうと思われるわけであります。

さらに、僕自身このどちらかなあと思っておりましたら、井出幸男さんという方が、先ほどちょっと触れました『中世歌謡の史的研究』というご本で、一つの推論を提出なさっていらっしゃいます。難しいことは省きますが、「淀の川瀬の水車だれを待つやらくるくると」という流行歌があるのです。これが実は『宗安小歌集』では「宇治の川瀬の水車」になっています。宇治の川瀬が淀の川瀬になる、これは宇治にあった大きな灌漑用の水車が、淀川に付け替えられるわけですね。その時期が天正十四年（一五八六）なのです。それをはさんで、実はこの歌も宇治から淀に変わったのではないだろうかと推定していらっしゃいます。その発想で考えれば『宗安小歌集』に書いてあるこの歌は、『宗安小歌集』自身が天正十五年以前の成立ではないかと思わせる、という議論をなさいました。この論からすれば筆者は当然日勝ということになり、宗安小歌は「隆達節」以前となることがはっきりします。

さらについ最近、書道の先生から教えていただいて驚いたのですが、長い間久我敦通の自筆というのはいままで見つからなかったと思われていたので、この『宗安小歌集』の筆が久我敦通かどうかというのは比べられなかったのですが、実は短冊が残っているというのがわかりました。

『日本古典文学影印叢刊』というのがありまして、これはすでに昭和五十三年に貴重本刊行会から出版されております。その中に『短冊手鑑』という本がありまして、そこに敦通の短冊が入っていました。これはかつて伏見宮家で編成されたものらしいのです。橋本不美男さんの解説で出ておりますが、由緒正しい本なので、この短冊が久我の敦通であろうことにはまず間違いがないと思います。『短冊手鑑』には前後に久我家の当主の短冊が並んでおります。したがってこれは敦通の手に間違いはないのですが、これと『宗安小歌集』の本文を比べますと、どうも手が違うんですね。(注4) ここには本文の序文の末尾を並べて載せておきました。なぜここに末尾を選んだかというと、「の」という字がまず特徴的なのです。『宗安小歌集』の仮名の「の」は、第一画目が二画目より太いことが一切ありません。同じか、たいてい細いのです。ところが『短冊手鑑』の敦通の手は、こういうふうに第一画が太くなっている。これは筆法がちがうと言ってもいいと思います。その他は一例だけですが、世の中の「世」という字が序文にもこの短冊にもございまして、やはり筆法がちがいます。世の中の「世」だけではなくて、横線がこういうふうに横に長い仮名は、『宗安小歌集』の場合、その線は必ず下から出てくるのです。こういうのを見てみるとどうも筆がちがうのではないかなあ、という感じがします。

もちろんこの敦通の短冊が若いころに書いたもので、齢をとってからは字が変わったというこ

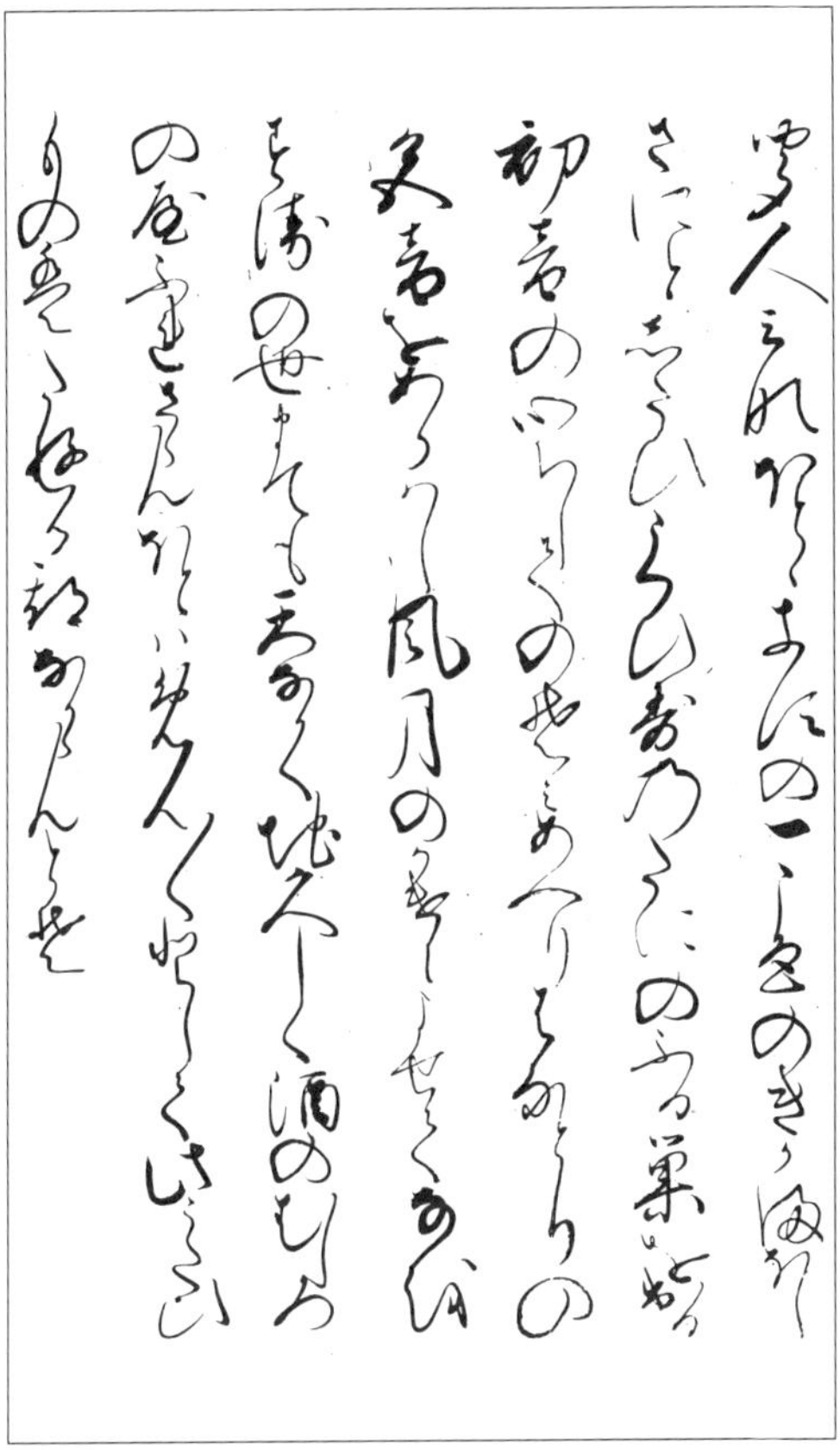

右：『宗安小歌集』の末尾に近い部分（国文学研究資料館蔵）
左：『短冊手鑑』所収の久我敦通の筆跡
（貴重本刊行会『日本古典文学影印叢刊』16より）

ともあるかもしれません。ただ、実は今回は紹介しませんでしたが、小野由紀子さんが、大分の柞原《ゆすはら》八幡宮という所に残っているこの久我の日勝の自筆の写真を『日本歌謡研究』という雑誌に紹介なさっております。印刷があまり鮮明ではないので、やはり本物を見なければいけませんが、まだその暇がないのですけれども、写真で見る限り漢字が非常に似ているんですね。特にここには載せませんでしたが、本文の末尾に「右」という字がありまして、この「右」という字は非常に特徴的な字なんですが、そっくりなんです。

そんなことを重ねると、何となく僕はこの筆記者は日勝かなあというような気がしてきたというところです。まだ断定には至りません。ただやはり本物を見ていろいろものを考えると、こんなことがまた見えてきたという、いわば中間報告のような結果でございますが、今日はそのようなお話を皆さんに申し上げて、責めをふさぎたいと思います。長いあいだご清聴どうもありがとうございました。

（注1）当日配付した資料の冒頭に、発表の内容を次のようにまとめておいた。

0　研究史

1　歌謡書成立の機縁

a　歌謡研究の方法

b　ウタが記されるということ

2　宗安小歌集の成立

a　書誌

b　筆記の目的

c　筆者

3　今後の研究に向けて

（注2）研究史（主な文献を掲げて）

笹野　堅「室町時代小歌集」（『国語と国文学』第八巻四号、昭和六年四月）

笹野　堅『室町時代小歌集』（萬葉閣、昭和六年九月）

藤田徳太郎「近世歌謡形態の成立　附記」（『近代歌謡の研究』人文書院、昭和十二年九月）

浅野　健二『室町時代小歌集』（新註国文学叢書、大日本雄弁会講談社、昭和二十六年九月）

浅野　健二「中世歌謡の押韻―閑吟集・室町時代小歌集を中心として―」（『国語と国文学』、昭和二十七年五月、後に『日本歌謡の発生と展開』明治書院、昭和四十七年一月所収）
志田　延義「室町時代小歌集とその編者」（『国語と国文学』、昭和三十年一月、後に『日本歌謡圏史』至文堂、昭和三十三年、さらに『志田延義著作集』至文堂、昭和五十七年、に所収）
浅野　健二「室町時代小歌集の成立時期」（『国語研究』第七集、昭和三十年六月、後に『日本歌謡の研究』東京堂、昭和三十六年、に所収）
吾郷寅之進「宗安小歌集の編者と成立時期の問題」（『奈良学芸大学紀要』第五巻三号、昭和三十一年三月）
荒木　良雄「宗安後日考」（『国語と国文学』第四〇巻一二号、昭和三十八年十二月）
浅野　健二『中世歌謡』（塙書房、昭和三十九年十一月）
大友　信一「宗安小歌集の本文と覚え書き」（『東北工業大学紀要』一、昭和四十年三月）
北川　忠彦「宗安小歌集私註（上）（中）（下）」（『論究日本文学』第二六～二八号、昭和四十一年一～九月）
吾郷寅之進「有庵三休と沙弥宗安」（『甲南大学文学会論集』第三二号、昭和四十一年十

二月）
吾郷寅之進「有庵三休と沙弥宗安—宗安小歌集をめぐって再説—」（『国語と国文学』第四六巻四号、昭和四十四年四月）
小野由紀子「『宗安小歌集』の一考察」（『成蹊国文』第二号別冊、昭和四十四年四月）
小野由紀子「『宗安小歌集』の筆者について」（『日本歌謡研究』第九号、昭和四十五年二月）
吾郷寅之進「宗安小歌集について—三休と棒庵—」（『日本歌謡研究』第一〇号、昭和四十五年十月）
☆吾郷寅之進『中世歌謡の研究』（風間書房、昭和四十六年三月）
小笠原恭子「『宗安小歌集』私解（一）（二）（三）」（『武蔵大学人文学会雑誌』第八巻四号、九巻二二号、一〇巻二三号、昭和五十二年六月〜五十四年二月）
☆井出　幸男「『宗安小歌集』の成立時期私見—〝水車の歌謡〟と助詞「なふ」と「の」の変遷—」（『国文学研究』第七七集、昭和五十七年六月、後に『中世歌謡の史的研究　室町小歌の時代』三弥井書店、平成七年一月、に所収）
北川　忠彦『閑吟集　宗安小歌集』（新潮日本古典集成、新潮社、昭和五十七年九月）
竹本　幹夫「常磐松文庫蔵『宗安小歌集』（異本）一冊」（『実践女子大学文芸資料研究所年報』第一号、昭和五十七年三月）

菅野　扶美「『宗安小歌集』総索引」（『三田国文』第一号、昭和五十八年一月）
小川　寿子「〝末の松山〟にみる宗安小歌の発想転換」（『梁塵　研究と資料』第二号、昭和五十九年十二月）
菅野　扶美「『窓』の歌謡―『宗安小歌集』一二七番をめぐって」（『梁塵　研究と資料』第六号、昭和六十三年十二月）
植木　朝子「『心の消え消え』考―『宗安小歌集』一五六番歌をめぐって」（『梁塵　研究と資料』第一〇号、平成四年十二月）
植木　朝子「『宗安小歌集』の四首」（『人間文化研究年報』第一七号、平成五年三月）
植木　朝子「「北」の象徴性―『宗安小歌集』一八二番歌をめぐって」（『十文字国文』第二号、平成八年三月）
小野　恭靖「「朝川」考―『宗安小歌集』一五二番歌をめぐって」（『学大国文』第四〇号、平成九年二月）
植木　朝子「変身願望の歌―『宗安小歌集』の一首から」（『日本文学』第四六巻一二号、平成九年十二月）

（注3）当日配付された平成九年度春期特別展示「よみがえる宗安小歌集」の目録に掲載したもの。以下に全文を掲げる。

歌謡（うたうウタ）は、音楽性を伴った音声言語表現である。それが記載されるに当たっては、様々な機縁が考えられるが、第一に挙げられるのが伝承上の必要性であろう。後白河院が今様の正当の伝承が絶えるのを「こゑわざの悲しきことは、我が身隠れぬるのち、とどまることのなきなり。」（梁塵秘抄口伝集巻第十）と嘆いたように、口頭表現としての伝承の限界が感じられたとき、次善の策として紙に記されて後代の伝承を期待する。第二は日常的に歌謡が表現されるときのための心覚えである。表現を暗記（暗譜）しきれないとき、あるいはあやまたずに表現しようとするときの典拠（証歌）として用いるためである。第三に伝承の証拠（伝授譜・伝授状）として記しとどめられる。第四に表現取得の手段（教則本）としても記される。第五に記録として、ある特定の日時・行事にどんな歌謡が表現せられたかを、個人的な興味や制度的な必要性に応じて記される。第六に文芸性に対する興味から、記載文芸（和歌・連歌など）に対するのと同様の姿勢で記しとどめられる。第七に、書芸の一ジャンルとして楽しむために記される。まだ他にも考えられようが、実際には、記載され、残されている歌謡書は、それらが入り交じって成立の動機となったと考えられるし、それを後世の人々がどのような目的で用いたかは、さらに様々な位相が考えられよう。ただ大事なことは、それらが歌謡書である限り、その読者の頭の中のどこかで、音声表現として鳴り響くことが期待されているのではないか、ということである。見方を変えて言えば、当初から記載されて表現されることが期待されている言語表現ではない、ということである。

今回の展示は、中世から近世にかけての様々な場、様々な担い手による代表的な歌謡の諸相と変遷が、一望のもとに把握できるように構成されている。しかしまた、それぞれの歌謡書が、種々の位相の目的を持って記載されて残ったことも忘れてはならない。一書々々に当たってそれを確認しつつ、昔日の歌声がどのような表現であったのか想像してみるのも楽しいだろう。

六十五年ぶりに日の目を見ることになった、笹野堅氏旧蔵『宗安小歌集』にしても、それがどのような機縁で、どのような目的を持って記されたか、さらにそこに記された歌謡群が、歌謡表現史上どのように位置付けられるかなど、まだまだわからないことは多い。実践女子大本と並べて展示されることも初めてである。これを機に新しい段階の考察が進められることが大いに期待されるのである。

（注4）その後『日本書蹟大観』第一二巻（講談社、昭和五十四年一月）にも、敦通の別の二通の短冊が掲載されていることがわかったが、『短冊手鑑』掲載のものと同様の筆跡で、もちろん『宗安小歌集』の筆跡とは明らかに違う。

『田植草紙』歌謡の性格

――研究史にそって――

友久　武文

友久　武文（ともひさ　たけふみ）　昭和二年（一九二七）生まれ
広島女子大学名誉教授
主な論著　『田植草紙の研究』（共著、三弥井書店、一九七二）
『校本　田植草紙』正・続（渓水社、一九九〇・九二）
『中世文学の形成と展開』（共編、和泉書院、一九九六）
『田植草紙・山家鳥虫歌・鄙廼一曲・琉歌百控』（共著、岩波書店、一九九七）

ご紹介にあずかりました友久でございます。『田植草紙』について何か語れということでしたが、話が下手で、お聞き苦しいことでしょう。用意してまいりましたビデオを少し見ていただいたり、音を聞いていただいたりしながら、何とか凌いでまいりたいと思います。

もう改めて申す迄もないのでしょうが、『田植草紙』は、安芸・石見の山間部に濃密に分布しておりました田植歌の書き留めでございます。同じような写本、田植歌本とか歌本と申しますが、そんなものがたくさん残っております。この度、数冊を展示いたしました。(注1)『田植草紙』は、ああいった田植歌本を代表する最も優れた一本でございまして、載せられた歌謡は、ほぼ中世小歌圏の中で醸成された田植歌であるという定評を得ております。

私は、そういった『田植草紙』歌謡の伝承地に、子どもの時からずっと住んでいますし、昭和三十年代から始まりました戦後の田植歌研究の動向を、いちばん後ろの方から現在までずっと見つめてまいった者です。それで、この度演題を求められました折に、とっさに「研究史にそって」と言ってしまったのですが、いざとなってみますと、どうもうまく運べそうにありません。今日のところでは、『田植草紙』を歌謡文学として見ていく場合に、見落としてはならないと考えておりますす基本的な事柄、研究史上の一問題点に絞り、その後でいささか私見を交えたことを申してみようかと思います。きわめて大ざっぱで荒っぽい話に終始しますが、どうかご容赦ください。

囃し田の現況と『田植草紙』歌謡

最初に、『田植草紙』歌謡は現在もなお歌われているということで、最近伝承地で作りましたビデオの一部を見ていただこうと思います。が、その前にやはり一言申し添えておきたいことがあります。と申しますのは、現在はもうみんな機械で田植をしますので、人手で植えることはなくなりましたが、人手で田植をする以外にはなかったころには、田植には「仕事田」と「囃し田」という二つの形があったという点についてでございます。

資料をご覧ください。芸州浅野藩は、頼杏坪《らいきょうへい》らに命じて地誌『芸藩通志《げいはんつうし》』（文政八年）を作らせています。その地誌作成のために、各村々から下調べの資料を提出させております。文政二年のものが多いようですが、その中から一条を引いてみました。

田植の儀、㈠五月中前後半夏生を末に、村中十軒、二十軒宛組合ひ、植付け申し候。囃植も数々御座候内、㈡長立ち候家柄は、諸組より寄集り、早乙女八十人、田男七八十人、牛三四十疋位、鼓六つ、太鼓六つ、其外笛簓囃し立て、歌大工と申すは拍子所に歌ひ出せば、早乙女諷ふ。……

（広島県高田郡生田村『国郡志下調べ帳』）

傍書しました㈠が仕事田。「半夏生《はんげしよう》」といいますのは、夏至から十一日目にあたる日のことで、よく「半夏半作」と申しまして、この日までに田植を済ませなくてはならないと言われた、農耕の節目の一つになる時です。その半夏までの間、「村中十軒、二十軒宛組合ひ、植付け申し候」とあります。このように何軒かの農家で組を作り、互いに力を貸し合い、いわゆる手間替《てまが》えの方法で植えていくのを「結《ゆい》」と申します。これがあくまで仕事本位、能率本位の普通の田植の形です。この時も歌い囃しますが、至って小規模です。それに対し、㈡「長立ち候家柄」、つまり長百姓であるとかあるいは豪農主といった家々では、「諸組より寄集り」とありますように、結を越えて幾つもの組から人々が集まり、というよりは人々を呼び集めて、人力や牛などを徴発して、そして「早乙女八十人、田男七八十人、牛三四十疋位、鼓六つ、太鼓六つ、其外笛簓囃し立て」という、大がかりな芸能尽くしといっていい華やかな田植をやっております。これを囃し田と申します。所によっては、花田植とか大田植とも言います。

ご覧いただきますのは、この囃し田です。広島県山県郡千代田町壬生《みぶ》の、ここでは大花田植といっておりますが、国指定の民俗芸能でございます。毎年公開しております。本年（一九九七）は六月一日にやるそうですが、このビデオでは、最初に着飾った牛が出てまいりまして、町中を練り、それから田んぼに入って代掻きをする部分があります。そこは省略しまして、苗取りと田植の一部を見ていただきます。十分くらい、ちょっと長いかもしれません。歌っています歌詞は、資料に記しておきましたのでご参照ください。

▼苗取り歌

1 音　頭　苗取り上手が、苗を取るを見やれ
早乙女　水も揺るがぬ、苗を取るを見やれ

2 音　頭　さんばいはどちからまします、宮の方から
早乙女　宮の方からヤーレ葦毛の駒にゃ、手綱よりかけ

▼田植歌

3 音　頭　なんと早乙女さん、今日の代《しろ》のよいのは
早乙女　播き手が播いたやら、今日の代のよいのは
音　頭　さてもよいのは、三社の神が播かれた
早乙女　ヤハーレヤハーレ三社の神が播かれた

4 音　頭　植えてたもれや、一本苗のないように
早乙女　ヤハーレヤハーレ一本苗のないように

広島県山県郡千代田町壬生の大花田植（囃し田）全景
左手前の三人は音頭取り（さんばい）、その前に笠をかぶった早乙女の列。後が囃し手たち。昭和40年代。

＊それぞれ三回ずつ繰り返し歌っている。地元の説明として、「この田植歌には、苗取り歌から始まり、朝歌、昼歌、昼過ぎの歌、晩歌とありますが、こうした農作業のしんどいのを少しでも和らげるため、また単調な作業をリズミカルに、みんな同じ調子で行うために、こういう田植歌を歌っているというふうに聞いております」とのナレーションが入る。

晴れやかで、華やかなお祭り気分が横溢しているのがおわかりいただけたでしょうか。省略しました牛の行列だとか代掻きの部分でもよく感じられるのですが、いかがでしたでしょうか。ただ、ちょっといい加減なところがありまして、例えば2の歌ですが、これは「田の神おろし」とか「さんばいおろし」

さんばい飯

田植の日、田主の家で供える。一升舛にフキの葉を敷いて米飯を入れ、皿には塩サバ。横にカヤの箸が添えてある。昭和31年、広島県比婆郡高野町所見。

と呼ばれる役歌でして、田植儀礼の最も重要な部分でございます。それをはやばやと苗取りで歌っていて、混乱が生じています。が、それはともかく、私は中国山地のあれだけ豊富で美しい田植歌は、作業本位の仕事田ではなく、こうした囃し田の中で醸成されたのではないか、と思うようになってきております。

余談に及びます。私は昭和三十年、ずいぶん昔のことですが、金子金治郎先生にお導きをいただいていました広島中世文芸研究会という所で、田植歌の共同研究に誘われました。そして、昭和三十一年に一回きり、最後の仕事田を見ることができました。広島県の北海道といわれます比婆郡高野町という所ですが、翌年はもう行われなかったといいますから、本当に最後、一回こっきりの経験でございました。その日には、田主の家では田の神＝さんばいさんへお供えするさんばい飯を床の間に供えております。実際の田植は、それはもう実にすごいテンポで太鼓が打たれまして、そのテンポに合わせて、早乙女の植え手と申しますが、植え手がぴたりと揃います。今はとてもそんな光景

太鼓の音とともに早乙女の植え手がぴたりと揃ったところ
昭和31年、広島県比婆郡高野町所見。

は見られません。驚きでございました。田植が、田植の能率が、歌によって導かれていることが非常によくわかります。

それだけではなく、例えば一日の作業の終わりの間際になりますと、はたと太鼓を打つことを止めて、みんなで歌うというより朗誦します。

一日かけた情けを洗いの川で落といた、ソーリャ洗いの川で落といた

何ともいえない気分になりますし、早乙女さんたちも、この時の喜びとも悲しみともつかぬ気持ちを強調してやみません。

つまり、歌が人々の心を一つに結んで、労働の苦しみを和らげ能率をあげるという、作業歌についてよく言われますことを本当に実感できたと思っておりますし、田の神信仰が生きている面も

十分感じとることができました。私はあの時の感じと申しますか、感動を今でもまざまざと思い起こすことができます。そんな具合なものですから、最初のうちは、中国山地のあれだけ豊富で美しい歌は、きっとこうした労働の中で育まれたのであろうと思い込んでおりました。それが徐々に変わってきたわけですが、本題に戻りまして、いまご覧いただいたビデオの中にありました歌謡を引き合いにして、『田植草紙』の特性を申し述べます。

先の壬生の歌の三番目です。『田植草紙』には入っていないのですが、「なんと早乙女さん、今日の代のよいのは」と、最初の一行を音頭が歌います。これを「親歌」と申します。それに対して二行目を早乙女が付けまして、「搔き手が搔いたやら、今日の代のよいのは」と歌います。「子歌」です。普通の田植歌は、こうした音頭と早乙女の掛け合いでまとまり、それが次々と繰り返されて進行します。ところが、『田植草紙』系の歌謡におきましては、三行目、「さてもよいのは、三社の神が搔かれた」と音頭が歌い、その一部を早乙女が復唱し、「ヤハーレヤハーレ三社の神が搔かれた」とやる「オロシ」をくっつけてまいります。この親歌・子歌の掛け合いに対してオロシをくっつけていくという構成が、『田植草紙』歌謡の基本的な形だということを、まず申しあげておきたいわけです。

しかし、壬生の歌で申しますと、一、二番は親歌・子歌だけですし、四番はオロシだけになっていまして、本来の形をひどく崩してきております。その崩れが近代の趨勢で、理由はいろいろと考えられるところですが、ここでは立ち入る余裕がありません。たいへんくどいのですが、『田植草紙』の基本詩型は、親歌・子歌にオロシがくっつくという形で、私どもはそれをオロシ型であるとか、オロシ構造の田植歌であるとか申して、『田植草紙』歌謡の形の上での最も著しい特徴と認めてまいりました。

『田植草紙』は、こういったオロシの付いていいます田植歌約百四十首を朝・昼・晩に分けて、しかもその各々を四番、計十二番に細分して細やかに歌を配置しております。ということまでを申しておきまして、次に、先ほどから話題にしておりますオロシに絞り、研究史上の一問題として捉えていくことにします。

『田植草紙』歌謡の特性——オロシについて——

そのために、ちょっと研究史を振り返ってみます。資料に記しました「田植草紙歌謡参考文献目録」をご覧ください。単行書として行われたものに限った杜撰なものですが、10だけは私たちが作った雑誌で、例外的に加えております。

▼田植草紙歌謡参考文献目録（抄）

1 三上 永人『東石見田唄集』（炉辺叢書）大正十五年
2 高野 辰之「日本歌謡集成」五『田植草紙』（最初の翻刻）昭和三年
3 柳田 国男『民謡覚書』（「田植唄の話」）昭和十五年
4 臼田甚五郎『歌謡民俗記』（「日本の農民と田植唄」他）昭和十八年
5 佐佐木信綱『歌謡の研究』（「田植草紙」）昭和十九年
6 新藤 久人『田植とその民俗行事』昭和三十一年
7 志田 延義『日本歌謡圏史』（「田植草紙の歌詞」）昭和三十三年
8 〃 『中世近世歌謡集』の田植草紙（日本古典文学大系）昭和三十四年
9 浅野 建二『日本歌謡の研究』（「田植草紙の諸問題」）昭和三十六年
10 田唄研究会『田唄研究』1～16、昭和三十六年～五十四年
11 〃 『田植唄本集』（広島中世文芸叢書）昭和四十一年
12 広島県教育委員会『広島県の民俗芸能』（広島県文化財調査報告6・12）昭和四十一・五十三年
13 山内洋一郎『田植草紙 校訂本文ならびに総索引』（田唄研究別冊）昭和四十二年

14 牛尾三千夫『大田植と田植歌』昭和四十三年
15 日本放送協会『日本民謡大観』（中国篇）昭和四十四年
16 文化庁文化財保護部『田植に関する習俗』4（広島県・島根県）昭和四十四年
17 田中 瑩一『ふるさとの田植歌』昭和四十四年
18 中国放送『広島県の民謡』昭和四十六年
19 フランクホーフ『The Genial Seed』（田植草紙の英訳）昭和四十六年
20 吾郷寅之進『中世歌謡の研究』（「田植草紙歌謡の成立」）昭和四十六年
21 田唄研究会『田植草紙の研究』昭和四十七年
22 真鍋昌弘 他『日本庶民文化史料集成』五（田植草紙系の歌本翻刻）昭和四十八年
23 渡辺 昭五『田植歌謡と儀礼の研究』昭和四十八年
24 真鍋 昌弘『田植草紙歌謡全考注』昭和四十九年
25 鑑賞日本古典文学『歌謡Ⅱ』（新間進一「田植草紙」他）昭和五十二年
26 広 島 県『広島県史・民俗編』（久枝秀夫「大田植」）昭和五十三年
27 内田るり子『田植ばやし研究』昭和五十三年
28 新井 恒易『農と田遊びの研究』上下、昭和五十六年

29　竹本　宏夫『田植歌の基礎的研究―大山節系田植歌を主軸として―』昭和五十七年
30　真鍋　昌弘『中世近世歌謡の研究』（「田植草紙系歌謡の歌詞」他）昭和五十七年
31　牛尾三千夫『大田植の習俗と田植歌』昭和六十一年
32　友久　武文『校本田植草紙』正続、平成二・四年

23で渡辺昭五さんは研究史を三期に分けて詳述してくれていますが、ここでは昭和三十年の前半を交代期として、前後二つに分けるという立場で申します。三十年以降の『田植草紙』研究は著しい展開を見せますが、その基礎が志田延義先生によって据えられたということは誰にも異存のないところです。載せておりませんが、昭和三十年の至文堂の『日本文学史　中世』で、はじめて『田植草紙』を文学史の上に位置づけられましたし、7で、先生のそれまでのご論をまとめて詳細に説いてくださいました。とりわけ8の本文と注は、その後の研究のどれだけ大きな支えになりましたか、計り知れないものがございました。

この度、そんなことを思いながらこの一覧表を作っておりました時に、ふと気がついたのですが、志田先生を含むそれ以前の研究には、これから少しお話ししてみようと思っていますオロシが、『田植草紙』歌謡の大事な構成要素であるとして取り上げられた形跡がないということでござ

います。1の『東石見田唄集』は、私たちが申します親歌・子歌をダシ・ツケと呼び、それにオロシあるいはカエシがつくという解説をしております。しかし、オロシやカエシがどういう意義を持つものかには触れていませんし、その後の研究者も、ダシ・ツケ・オロシの形を、『田植草紙』に当てはめて考えるということはしていないように思われます。

オロシの意義についてはじめて言及されましたのは、阪下圭八先生だったと思っております。『東石見田唄集』の中の、

卯の花の早乙女も下りて苗をとりかし
桜色の殿御もおりて苗をとりかし
取ろや揃うて苗を

について、次のような解釈を示されました。

サゲは伝統的な主題である早乙女についてうたう（だが卯の花の……という切りだしは、ツケの桜色の殿御をさそいだすものといえる）。早乙女は桜色の殿御も……とかえすことによって、早乙女讃歌のワクを打ちやぶる。そして、取ろや揃うて苗を……と結ばれるにいたって、ここに新しい田植の恋唄が成立するのである。

（「民謡」、日本文学講座Ⅲ『日本の民衆文芸』東京大学出版会、昭和二十九年）

三行目のオロシに至って一挙に恋の歌に転ずる面白さをお示しくださったわけでございます。わずかこれだけの発言だったのですが、私たちが次第にオロシに目を向け、大事に考えるようになっていくきっかけとなりました。

先に述べました広島中世文芸研究会の共同研究の成果は、昭和三十五年に発足しました田唄研究会に引き継がれまして、ちょっと大げさに申しますと、火がついたような勢いで研究が進展してまいりました。そこに研究史の後期の展開があるのですが、その時はもう誰もオロシの重要性を認め、それを視野に入れて田植歌を考えるようになってきております。

私はいま、新日本古典文学大系の『田植草紙』の注釈を担当し、奈良教育大の山内洋一郎さんと組んでやることになっていまして、ようやく初校段階まで漕ぎ着けたところです。大したものになるはずはありませんが、否でも応でも丁寧に読まざるをえなかったわけで、そうした結果、やはり改めて興味を覚えた一つは、オロシの問題でございました。少し例をあげてみます。他でも述べたことがありますので、いささか気がさしますが。

坂東殿原は、弓は上手なるもの

そらたつ鳥を射ておといたり

さても上手や、そら舞ふ鶴をおといた

わかい殿御が翔鳥《かけどり》射たる弓手《ゆんで》は
さても射たなう、見ごとや、弓のすがたは（晩歌一番）

坂東武者への憧れを叙しており、そういうものとして読んでいたのですが、先の山内さんが、三行目のオロシについて、空舞う鶴は大きさといい、速さといい、射落とすには容易である、この句には少しからかいの気味があるんじゃないか、という意味の注をつけてきたわけです。言われてみればまさにその通りで、親歌・子歌で坂東殿御への賛嘆を述べたのに対し、地下の殿が「そうだろう、そうだろう。だが落としたのは大方鶴だろうて」というふうに、ちょっと皮肉ってみたといいますか、もどいてみせたということになるのではないか。それで最初の賛美者が、「悪い冗談はやめて。本当にすばらしいんだから」と、いっそう称賛の度を強めるということになるのではないか、そんな気がします。オロシが持つもどき的性格につきましては、早くから気付いてはいたのですが、今度もまた改めてほんとうに面白いと思いました。

しのぶ殿のおりやるやろ、裏の口の車戸が
きりりきと鳴る、うらのくるま戸がな
しのぶ殿御は狗犬《えのこいぬ》やら、戸を明かねてうめいた
刀をば枕もとに、太刀をば屏風の折目に

しのびまゐらう、どの間に君はおよるか（晩歌四番）

これも三行目のオロシが持つ滑稽は、誰の目にも明らかですが、とりわけ四行目で大小の二本差しを出してくるところ。大小の二本差しというのは、桃山時代に始まると『広辞苑』などにも書いていますが、そうしますと、おそらくは最新の風俗を詠み込んでいって、忍び男に大小の二本差しという大仰な身振りをさせ、それが「戸を明かねてうめいた」というのですから、なかなか辛辣な面白さを出していると申せましょう。

けさないた鳥のこゑは、よいとりのこゑやれ
田壱反に九石は、よいとりのこゑやれ
よいとり、米八石とうたうた
とりがうたうて、夜深に殿をもどいた
聞かうや、めでたいとりのこゑをば（朝歌四番）

これが『田植草紙』なのですが、歌本によっては、四行目を「とりがうたうて、この田に米が千石」としています。あるいは、その方が一首としてのまとまりはいいのかもしれません。しかし、「夜深に殿をもどいた」と、突然恋の情趣に転調する『田植草紙』の方が、起伏に富んだ意外性のある展開を示してはるかに面白いと、私には思われます。

オロシについては、まだまだ申すべきことがありますが、少なくともこれだけ見ましても、オロシのつけ方がどうなっているかで、この種の歌謡の表現性が決まってくる、表現値が定まってくると言っても過言ではないと思います。研究文献17などで、田中瑩一さんがオロシについて鋭い分析をしておりますし、24の真鍋昌弘さんも、親歌・子歌・オロシを総合的に捉え、私などでは手の届かない解釈に達し、『田植草紙』の解明を進めています。一昨年（平成七年）になりますが、日本史の人たちが企画した「中世の風景を読む」というシリーズの第六巻『内海を躍動する海の民』（新人物往来社）の特論として、真鍋さんは「田植草紙の世界」というのを書いています。出色の出来ではなかったでしょうか。

ここまではオロシを重んずる立場で申してきましたが、皆が同じ意見ではないわけで、23の渡辺昭五さんは別の見解を持っています。田植歌の本質を信仰とか儀礼に求めていく立場から、オロシを排除して、親歌・子歌の部分に注目すべきことを強く主張するわけであります。もっともオロシをまるまる排除することはできないわけで、親歌・子歌の子歌を繰り返すことによって、それが変化して、オロシ一行が加わった形、つまり親歌・子歌・オロシ一行というのが、『田植草紙』歌謡の原型ではないかというのでございます。その点、渡辺さんとだいぶやりあったのですが、まだ未解決のまま残っております。

ただ見方を変えて、渡辺さんはこうも言っています。オロシといいますのは、いま読みました三首のように、三行くっついたのが多い。そして親歌・子歌と合わせて五行詩の世界を作ると、これは新間進一先生あたりもおっしゃっているところですが、渡辺さんは、そういうオロシ三行というのは、仕事の、言い換えますと、田植のための歌というよりも、囃し田であるとか、花田植であるとか、大田植といった祭りの場に提供されるために加わっていった感じが強い、とも言っているわけでございます。これなら私にもよくわかります。先ほどから論証抜きにですが、『田植草紙』歌謡は囃し田の中で醸成されていったと考えるようになったと、申してきたところでございます。

『田植草紙』系歌謡と風流

これでは我ながら物足りませんが、オロシの問題はいったん切り上げ、先を急ぎます。渡辺さんも言っています、祭りの場としての囃し田へ話題を移します。

端的に、囃し田とはいったい何なんだということでございます。いろいろな説明が可能と思いますが、私のここでの結論めいたものを先に申しますと、私は、囃し田には風流《ふりゅう》の感化があるのではないか、その言い方が悪ければ、囃し田は田植を風流行事そのこととして営んだ姿なのではないかと思うようになっております。都会の人の目からしますと、粗野で野蛮かもしれませんが、牛には花鞍とか金鞍とか呼ばれる金箔を押し、漆を塗って飾りたてた鞍を背負わせ、幟を立て、精一杯飾って出場させます。早乙女も同じです。田におきましては、普段の仕事田ですと、栗の枝一本を挿してそれを神の依代としますところを、また資料をご覧ください、これは牛尾三千夫先生が石見側の例として掘り起こしてくださったものですが、

一、さんばいの次第。田の中に壱間四方に作り、四本の柱に幣を立て、中に天蓋を吊り申し候。……

寛延二年（一七四九）の「後藤弥三右衛門殿鼓田之由来」という記録です。こういった大ぶりなさんばい棚を田の中にしつらえます。そして、それへ向かって大名行列を模したような、何とも美々しい行列を組んで、道行をします。

一、道中の次第。門より行列にて、先へ薙刀振、竹杖振拾人、それより久太夫赭熊を着、幣を持ち、其後より湯浅隼人殿、小指に袴、肩衣を肩に担はせ、下人弐人連れ、挟み箱振らせ申し候。……

一、其後より、とらげ竹を猿とうじん、幣振り、烏帽子、毛頭巾さし、笠振り、こきりこ、鉦突き、簓擦り、鼓の台二つ、輪の台、太鼓打ち八人、鼓打ち三十三人、笛吹き弐人、立

花持ち、幟持ち、都合弐百人余り通し申し候。……

こんなふうに、田へ向かって変装したり、採り物を持ったり、作り物を仕立てたりして道行をするといいますのは、近代におきましても幾つかの観察記録がございます。現在の囃し田では、作り物は登場しませんが、早乙女と囃し方の道行はつきものになっています（ここで『田植草紙』が発見された広島県山県郡大朝町、そこの新庄における道行の音楽を聞いてもらった。残念であるが、私にはそれについて解説する力がない）。

『田植草紙』の音楽的研究をお進めくださった故内田るり子先生は、参考文献27におきまして、こういう囃し田の「道行の音楽の一般的な特徴としては、日本の民俗芸能に残っている道行の音楽のタイプと大差はない」と言っておられます。道行にばかりこだわりましたが、町田嘉声先生も『日本民謡大観』中国篇（参考文献15）で、「囃子田特に花田植も一種の風流であるから、外見のほか詞曲の構成、囃子のあしらい方などには共通要素が少なくない。囃子田と風流太鼓踊りとはそれぞれの研究の上で互いに欠かせぬ存在であろう」と示唆されています。その後、この方面での研究がどう進展しているのか、寡聞にして存じておりませんが、こういった諸家のご判断に即しましても、囃し田と風流とのかかわりを想定せざるをえないと考えるものです。

そうなりますと、では肝心の田植歌の方はどうなんだということになります。風流の感化が歌にどう出ているのか、ということです。資料の最後に記しました歌をご覧ください。島根県那賀郡三隅町井野の田植歌です。

ネリ　はらはらと鳥の声、野原の露はしゅんげいと
　サー露しゆげけれど、通ふは男の子の習ひよな
大歌　今朝鳴いたとりの声は、よい鳥の声やれ
　田一反に九石とや、うたうた鳥やれ
ヒキ　さあも好い鳥、米八石とうたうた
（井野串崎本田唄集）

これは、私たちが中国地方田植歌の第五類として分類しているものですが、どう見てみましても、風流踊り歌の一つの帰結点と目されます、初期女歌舞伎踊り歌そっくりの構成を持っていると言ってよかろうと思われます。ネリは文字通り「お練り」の練りで道行でございましょう。大歌は本歌にあてられましょう。それに最後のヒキは退場の意でしょう。そうしますとこれは、出端・本歌・入端という、あの踊り歌の構成と同じだと言わざるをえません。

女歌舞伎踊り歌におきましては、出端ではやや古風な伝統的な歌を歌い、本歌ではぐっとくだけてモダンな歌を歌うということを、服部幸雄氏や北川忠彦氏などが分析の結果としてお示しくださっています。(注2)井野の大歌とヒキは、先ほど見ました『田植草紙』の朝歌四番「けさないた鳥

のころは」の親歌・子歌とオロシの一行目と同じです。間違いなく、『田植草紙』歌謡がここに入っているということになります。井野では、おそらく土地の歌「はらはらと」に『田植草紙』歌謡を組み合わせて、新しい歌を構成したのだと考えられませんでしょうか。しかし、もしそうだとしたら、女歌舞伎踊り歌の伝でいきますと、『田植草紙』はモダンな歌だということになってしまいます。

ところが、『広島県史』中世編（広島県、昭和五十九年）を読んでいまして、こんな記事に出会いました。慶長九年（一六〇四）のことですが、三次のタタラ師である畑中権右衛門が、芸北（安芸の山地）のタタラで使用する原料の砂鉄を運ぶために、石見国那賀郡井野村（現三隅町）から波佐を経由する運送路を開いたというのでございます。井野村は、まさにいま問題にしている踊り歌型の田植歌を伝えている所です。そこと『田植草紙』地帯の芸北とにアイアンロードが通じたというわけです。史料は、広島県山県郡加計町の隅屋文書によりますが、加計の隅屋と申しますと、近世の非常に有名な製鉄業者でございます。当地では、

つらやねぶたや鶉木峠《うずらぎだお》が、加計の隅屋がなけにゃよい

という馬子唄がよく知られている程です。それはともかく、この砂鉄の道を通って、『田植草紙』歌謡が井野村へ運ばれたというのは、まことに興味深く、さまざまの想像を誘わないではいません。

慶長九年というきわどい年代も、私たちが考えています『田植草紙』歌謡の成立期とそんなに隔たっているものではございません。

こう見てまいりますと、この第五類の田植歌においては風流とのかかわりがあり、歌も踊り歌風に構成されたという判断は、おそらく間違ってはいないと思われます。ここでもっと肝心なのは、やはり『田植草紙』はどうなのだということでございましょう。今日は、そこのところに重点を置いてお話しすればよろしかったのでしょうが、もうひとつ自信がありませんし、研究史に沿うどころか、逸脱してしまいそうですので、遠慮しました。

最後に、それでもいま私が思っていますことを一言だけ申し添えることをお許しください。私は、『田植草紙』の親歌・子歌とオロシは、本来別々の系統の田植歌であったのではないかと思うようになっております。そして、親歌・子歌の系統の方が比較的古く、オロシ系の方が新しい。これはいろいろな点で言えると思っておりますが、時間が迫りました。そうした両者を組み合わせるという形で、『田植草紙』歌謡が出来上がったのだろう、その際渡辺さんが言っていましたように、親歌・子歌にオロシ一行がつく、子歌を繰り返すことによって出来たオロシ一行構成というのが素地としてあったということは考えうるかもしれないと思います。

しかし、もっと大事なのは、女歌舞伎踊り歌とか第五類の田植歌とかが、別々の歌を組み合わせて、組歌として新しい歌謡を構成していくわけですが、その構成内容はとても統一がとれているとはいえません。ばらばらの内容でしかありません。それに対しまして『田植草紙』は、二つの組み合わせを新詩型として捉えなおし、摑みなおして、それにのっとって内容的にも筋の通った歌を創造しえている。そう言えるのではないかと思います。そして、そこのところにこそ『田植草紙』歌謡の最も優れた性格を見出しうるのではないかというのが、果たせなかった私の狙い目でございました。

もう時間がきてしまいましたが、『田植草紙』の幻の伝承者とも申すべき広島県山県郡大朝町新庄の多田軍次郎さんが音頭をとられた「上《あが》り歌」を聞いていただいて、終わりたいと思います。ご清聴を感謝申しあげます。

1 (音) エー俵まくりて大福長者と呼ばれた、(早) ヤハーレヤーレ大福長者と呼ばれた、
(音) エー大福長者と呼ばれた、(早) ヤハーレヤーレ大福長者と呼ばれた

2 (音) イヤ今日の早乙女は名残惜しい早乙女、(早) オイ洗い川の葦《よし》の根で文を参らしょうやれ (反復)
(音) エー名残惜しやと言うては袖を引かれた、(早) ヤハーレヤーレ言うては袖を引か

れた、(音) エー言うては袖を、(早) ヤハーレヤーレ言うては袖を引かれた

3

(音) イヤ早乙女のヤーレ身洗い川で繋う流れ、(早) 繋う流れヤーレ会うてなりと物言おうや繋う流れ、(音) ヤーレ身洗い川で繋う流れ、(早) 繋う流れヤーレ会うてなりと物言おうや繋う流れ

(音) エー洗い川んで目繋うて物が言われぬ、(早) ヤハーレヤーレ目繋うて物が言われぬ、(音) エー目繋うて物が、(早) ヤハーレヤーレ目繋うて物が言われぬ、(音) エー目繋うて物が、(早) ヤハーレヤーレ目繋うて物が言われぬ

＊反復ごとにテンポが早まり、盛り上がる

(注1) 国文学研究資料館の平成九年春季特別展示「よみがえる宗安小歌集」へ若干の田植歌本を添えるよう依頼を受けた。しかし、当主の代替わりが進んでいて行方不明のものが多く、あるいは門外不出を決めた家もあって、希望通りの収集が叶わなかった。身近から、(1)『田植草紙』十二番組織近似の一本として「谷和山本本田歌集」、(2) 十二番に組織

されているが、内容を異にする「大毛寺叶谷本『田植歌双紙』」、(3)朝・昼・晩に区分したただけの簡素な組織を持つ「鈴張藤川本『田うゑ歌写』」、(4)安芸・石見とは別系統の「金子本神石郡田唄集」、(5)代搔きの図を収めた「佚表紙代本」の計五本を展示してもらった。

(注2) 服部幸雄氏『歌舞伎成立の研究』(風間書房、昭和四十三年)、北川忠彦氏「初期かぶき踊歌—芸能歌謡の周辺—」(『国文学解釈と教材の研究』学燈社、昭和五十年八月)による。

琉歌の世界

池宮　正治

池宮　正治（いけみや　まさはる）　昭和一五年（一九四〇）生まれ
琉球大学教授
主な論著　『琉球文学論』（沖縄タイムス社、一九七六）
『琉球文学論の方法』（三一書房、一九八二）
『近世沖縄の肖像—文学者・芸能者列伝—』（ひるぎ社、一九八二）
『琉球古語辞典　混効験集の研究』（第一書房、一九九五）

琉球語と日本語

ただいま紹介にあずかりました琉球大学の池宮でございます。ところで、沖縄は、昨日（平成九年五月十五日）で祖国復帰二十六年目ということで盛んに報道されています。沖縄中に何かたいへんな不満があって、なかには復帰は反対だったとか、幻想だったとか、さまざまなことを言っていますけれども、今日はその話をする場所ではないからあまり言いたくはありませんが、私など、復帰前からずっと沖縄を知っていますから、米軍支配下というのが、いかに苛酷で、権利のない状態で大変だったかということを承知しています。言論の自由、結社の自由、表現の自由というのは、こういう異民族支配下では許されません。ですから、非常につらいことでして、その意味で、この二十五年というのはすばらしい二十五年であったと思っております。

これから徐々に本題に入りますが、わが国日本の日本語というのは、世界の言語のなかでは孤立しているんですね。系統の近い、仲のいいというか、親戚付き合いができるような言語は殆どございません。ウラルアルタイ語のなかに入るというふうに言いますけれども、ちょっとちがう。例えば最も近いと思われる朝鮮語とのあいだでも、日本語というのは、およそヨーロッパの諸国間の言語から言えば、赤の他人に近い言語で、それほどのつながりもないわけですね。これに対して、日本語がどういうふうに生成発展をしていったのかという、日本語そのものに答えを求めていく考え方をするのであれば、それは唯一琉球語（琉球方言）と比較するしか有効な手段はありません。ですから、琉球語がどのように発展していっているのかということを考えれば、日本語のそれがわかるはずです。

私の友人たちで日本文学をやりながら琉球に関心をもつ人たちがいますが、その多くは、琉球語の可能性のなかに日本語の問題や課題をも考えています。例えば八世紀になると『古事記』『日本書紀』のように記載の文学活動が起こるわけですが、それ以前の、いわゆる文字のない時代の日本語は、表現はどうだったのかということを想像するときに、それは琉球語の達成といいますか、その道程から考えていくというようなことをしている人たちがいます。

琉球文学の範囲とジャンル

さて、今日は、国文学研究資料館に笹野堅先生旧蔵の『宗安小歌集』が入った記念の講演会でもありますので、沖縄の歌謡を紹介しながらお話をしたいと思います。そのなかでいちばん近そうなものは琉歌とよばれているものですので、琉歌を取り上げてお話をしたいと考えております。その前に少し大ざっぱに、琉球文学というのは何を扱っているかということをご紹介したいと思います。

琉球文学というのは、地理的には琉球列島とよばれているところに住む、およそ百三十万人ぐらいの、つまり日本人の約一パーセントぐらいの人たちが話す、琉球語による文芸ということだと思います。この琉球語による文学ですから、その範囲は、沖縄諸島、現在は鹿児島県のなかに属する奄美諸島と、それから琉球列島の南端、八重山の与那国とか波照間《はてるま》といったところまで、点々と小さい島々がたくさん点在しています。その人たちの話す言葉によるものであるということになります。

琉球文学を分類するのに有効なジャンルというのは見つかっていなくて、私がこれまで書いてきた「古謡」とか「物語歌謡」というのも、もう二、三十年前から同じことを繰り返していて、目も覚めるようないい分類はいまだございません。

古謡というのは、言い換えると神歌であるとか祭式歌謡であるとかというふうに、少なくとも祭祀的なものと結びついているものというふうに考えております。一括りに「古謡」といいましても、奄美ではイェト、ユングトゥ、タハブェ、沖縄島ではウムイ、クェーナ、ウタカビなどと、それぞれの歌にさまざまな名前がついております。ただ、それだけを特出する特異なジャンルということはなくて、だいたいのところ、古謡の特徴は、対語・対句という形式ですね。対語や対句を連続させる。長いんですね。長いといってもアイヌのユーカラみたいに長いのではなくて、沖縄でいちばん長くても四百行ぐらいですか。とにかく対語・対句ですから、相当長く歌うんです。これが最大の特徴であるというふうに言えると思います。

物語歌謡は、当然一般的には物語を含んでいますけれども、依然対語・対句形式なんです。他に、祭祀からは切れているというのがあります。奄美、沖縄、宮古、八重山と、全域にありますけれども、どちらかというと、宮古とか八重山とかという所が、こうした物語歌謡の多いところですね。この物語歌謡の多いところは、なぜかこんどは、後で申し上げる琉歌のような、叙情的な短い詞形が少ないという関係にあります。沖縄本島や奄美は、短い琉歌詞形の歌謡が多いのですけれども、宮古、八重山はそれが少ないという意味です。どうも根拠はよくわかりませんが、相関しているようにも思われます。

叙情詞形と大きく括ったのが、ここで言う「琉歌」にあたるものですけれども、名前は、奄美の人たち、奄美の研究者が、島唄と言っているものです。この島唄という言葉は、実は奄美だけ特別に島唄とよんでいるのではなくて、沖縄本島でも、それぞれの集落で、みな島ウタでして、島（集落）で歌われるものはつまり島唄です。八重山でも、八重山の歌謡は島唄なんですね。物語歌謡も島唄なんです。ですから、島の唄という意味です。そのなかでひょっとしたらもう学術用語にもなっているかもしれませんが、奄美の歌謡をとくに島唄というふうによぶので、こちらもそのように島唄と言っております。

沖縄の場合は、これを琉歌とか、あるいは単にウタと言います。今日はその琉歌ということで、沖縄の叙情詞形を中心に話をするつもりです。

この短い叙情詞形を宮古でトーガニとかシュンカニとかと言っていますが、八重山ではトゥバラーマ、ションカネなどと言います。その詞形上の特徴は不定型だということです。定型ではないものの、だいたい四行に近い。これは沖縄の琉歌を考えるときにも、たいへん重要な意味をもっているのではないかと思います。後で申し上げます。

それから劇文学、演劇がございます。いろいろなものがありますが、少しでも沖縄のことをご存じの方は、組踊《くみおどり》という演劇をご存じだと思います。一七一九年に、沖縄に中国から冊封使《さくほうし》という中国皇帝の使者がやってきて、琉球国王に即位をさせる、そういうのを冊封と言いますけど、冊封のためにやってくる使者がいます。これを歓待するための芸能として生まれたのが、組踊とよばれているものです。琉歌はこの組踊の詞章と結びついてもいるのです。琉歌と踊りと音楽という形で結びついて、組踊が出来上がっているということであります。

そのほか琉狂言《りゅうきょうげん》とよばれている喜劇もありますが、これは残念ながら現在のところ研究上はほとんど手つかずの状態です。したがってかなり謎が多いのですが、例えば作者とか、いつ作ったのか、どういうふうに演じたのかといったようなことなど、ほとんどわかりません。私が見たところ、はなはだ興味深いのは、これが書かれた芸能、書かれた演劇ということですね。狂言という喜劇の歴史からいうと、書かれない歴史のほうが長いわけですけれども、いま写本の形で残っている琉狂言はすべてどうやら書かれている感じがします。そういう文字になっているもの（写本）がいまのところ五十番ぐらいありますが、そういう意味で、これまでわれわれの先輩たちが悲劇としての組踊だけ紹介をしていっているところがあるのですけれども、どうやらそれだけではなくて、この琉狂言もそれに劣らない劇文学としてのおもしろさをもっているものではなかろうかと思います。今後採集できるものも百五十番以上はあるのではないかと思っております。

ここまでが琉球方言、琉球語による文芸ですけれども、他に本土文芸の影響を受けた和文学がありますね。沖縄は一六〇九年以前を一般に古琉球と言うんですけど、その古琉球という時代にも、本土との交流がずっとあって、いろいろなものを本土との交流のなかからもたらしているわけです。もちろん近世も和歌だけではなく、能楽でありますとか、あるいは場合によっては人形浄瑠璃であるとか、いろいろなものが沖縄にやってきております。

もちろん歌会もあり、堂上《どうじょう》和歌のような、和歌三神を祭るといった和歌の儀礼も入ってくるなど、また薩摩の歌人と師弟の関係を結んだり、関西の公家と師弟関係を結んだりというふうにして、和歌もたくさん残っています。明治以降の琉歌、和歌もいろいろあります。

ここからは、少し琉球文学の範囲から遠ざかっていきますが、漢詩文もたくさんございます。私が知っているのだけでも、二十ぐらいの漢詩集が出版されております。これに対して琉歌和歌の版本というのはほとんどなく、やっと明治三年（一八七〇）に『沖縄集』、明治九年（一八七六）に『沖縄集二編』という和歌集が刊行されるに過ぎません。

いま申し上げたのが、われわれが言うところの琉球文学の範囲とよばれているものだと思います。そこで、いよいよ琉歌ということでお話をしたいと思います。

琉歌の内実

琉歌、もちろん名前を聞いてすぐおわかりだと思いますが、大和歌、和歌ということに対する琉球歌、琉歌だろうというふうに思います。いま沖縄では琉歌という形で一般に流布していますけれども、ひょっとするとこのあいだまで琉球歌というのも平行してあったのではないかと思われます。今日資料館に展示をしてあります琉歌集のなかにも、『琉球歌集』とか『琉球歌選』とか、『琉球大歌集』とかというふうに、琉歌、琉歌集という言葉と平行して琉球歌というのがあることがわかります。先ほど国文学研究資料館の松野陽一館長もおっしゃいましたが、あまり古い琉歌集はなくて、今日残っているものは、大かたは明治以降のものです。

ときはなるまつの　かわることないさめ　いつむはるくれは　いろとまさる

こゝのへのうちに　つほてつゆまちよす　うれしことききくの　はなとやよる

みとりなるたけの　よゝのかす〳〵に　こむるよろつよや　きみとしよら

けふのほこらしやゝ　なをにきやなたてる　つほてをるはなの　つゆいきやたこと

琉歌の存在を確認する琉歌資料もそれほど古いものはございません。右の琉歌は『東姓家譜《とうせいかふ》』の与那覇政房の年譜のなかにあるのですが、一六八三年に沖縄に来た冊封使に屏風絵を渡しているんですね。その屏風に琉歌讃がついていて、四首の琉歌讃をつけたものを汪楫《おうしゅう》という冊封使に与えて福州に帰しているんです。福州に持ち帰ってから、これが火災に遭ったということでもう一度要求してきましたので、同様の屏風を仕立て、この歌を書いて福州に送ったというふうに家譜にある歌です。

一七一一年に編集されました琉球古語辞典『混効験集《こんこうけんしゅう》』にも七首出ています。

みすとめておきて　庭むかて見れば　あやはべるむざうが　花どそよさ

よすゞめがなれば　ありちをられらぬ　おめさとが使の　にやきよらとめば

おぎもかなしげの　首より天がなし　あすらまんちやうはれ　拝ですでら

木草さへむ風の　おせはそよめきよれ　おなさけにまやぬ　人やないさめ
吾が身つでみちへど　人の上やしよる　無理するなうき世　情ばかり
北京お主日や　ずまにそなれよが　七ツ星下の　北京ちよしま
きくささへむ風の　おせはそよめきよれ　御情にまやぬ　人やないさめ

これも琉歌の例としては古いほうに属するものです。いずれも八八八六の三十音です。これが代表的な琉歌の音数ですね。八八八六の四句体で、八八八、三つ続いて、最後は六音で止めるというのが、典型的な琉歌とよばれているものの詞形にあたります。

琉歌というのは、一般的には資料（写本）から資料へ伝わっているというよりも、どちらかというと歌い物で、歌詞の形で伝わっています。これに連動する問題も出てまいります。例えば、いわゆる『東姓家譜』の一番目の歌ですね。「ときはなるまつの　かわることないさめ　いつむはるくれは　いろとまさる」という、この歌の作者というのは、沖縄では北谷《ちやたん》王子朝騎《ちようき》という人の歌ということになっています。北谷王子というのは、お兄さんが尚敬王で、次の「こゝのへのうちに」の歌も、この王子の歌だと伝えています。いま申し上げたように、これらの歌は一六八三年に来琉した正使に渡した屛風にあるわけですから、王子の生まれるずっと前にこの歌があるんです。北谷王子は一七〇三年に生まれておりますので、およそ二十年ぐらい前にすでにこの歌が存在しているということになります。こういうことを言うときりがありません。たくさんそういう例があります。つまり、琉歌の作者というのは、必ずしも事実ではなく、口承の過程の中で生まれた「事実」だということです。これはまた後で言う機会があるかと思います。

琉歌の発生と韻律

琉歌の発生というのには諸説あります。展示会の資料に国文学研究資料館のキャンベル先生がいくつかの琉歌の発生論をまとめておりますが、そのとおりです。琉歌というのは、どういうふうに発生したか。まず、琉歌という言葉はさっき言ったように使わなくてもよろしいのですが、叙情的な詞形がいつごろ生まれてくるかということだと思います。これは、さきに申し上げた四行詞形であることと、それから場合によっては琉歌以前の古歌謡であります「おもろ」とのかかわりということも言うべきかもしれません。けれども、おもろや琉歌以外の、琉球列島の詞形というのは、古謡のほうが数から言っても量から言っても多い。現在でも採集できるほど非常に多いんです。その古謡は、ほとんど五音の音数律ですね。要するに、琉球語を含む日本語というのは、頭韻とか脚韻とかというのは発達しませんでした。音の量でリズムを感じるわけです。つまり音数律ですね。琉球ももちろん音数律しかありません。本土ではすぐ記載文学になっていきますので、琉球列島に広範にみられる対語・対句は早々と滅ぶわけです。対語・対句と音数律という二つの韻律の作り方が日本語の特徴です。そのときに、琉球に残っていることから推量すれば、五音打ち出しで、五音を最初にしていくつかの音数をくっつけていく。これを本土の場合、五音と七音の関係にあると思えばいいでしょう。ですから、五音と七音を別々の韻律のように考えていますけれども、五七というのが一つの韻律の単位だと、こういうふうにお考えいただければいいと思うんです。

琉球列島には、五七というのはなくて、五五ないしは、五四、五三の韻律です。要するに五音を先にし、若干の音数をつける点で共通しています。この五音が音数のしばり方の強いリズムと、これに加えて対語・対句というのが、根強く残っているというふうにお考えいただいたらいいと思うのです。

ところで、有名な『おもろさうし』というのがあります。全二十二巻あって、一五五四首ある。戦前の人は、琉球の『万葉集』と言ったりしていますが、もちろん『万葉集』と同じではありません。これは歌謡集なんですね。しかも、どちらかというと祭式歌謡集です。採録が非常に古いわけです。中心になっている部分は一六二三年に編集されていますから、琉球の資料としては非常に古いものです。しかも一見すると、たいへん難解な詞章で、しかもいま言った古謡ともちがって、不定型なんですね。不定型から定型へという古謡の発達のシェーマ（図式）がありますから、とても古いのではないかと皆さん思っているのですけれども、農作物の豊穣を願う生産予祝的なものがほとんどないことや、聞得大君《きこえおおきみ》など上級神女中心のおもろが多いなど、内容的にはそんなに古いものではありません。

奄美から八重山までの古謡のなかで、おもろはライン、行がたいへん短くなっている。四行とか五行とか。それから対句はあるのですが、対句は一対しかないものが非常に多い。あるいは対句をなくしているものすらある。一船に古謡の対句というのは、どんどん長く長く、何行もつらなるという特徴があるのですが、おもろは対句が衰弱する方向に向かっているわけです。しかも、五音打ち出しのリズムも崩壊し、どちらかというと、後の音数律である八音の方向へ向かったのだろうと思うのです。というのは『おもろさうし』に収録されたおもろがほとんど残存しないこと、おもろの採録地域と琉歌詞形の地域が重なるわけです。つまり、琉歌詞形をもっている地域におもろはあるんですね。宮古・八重山にはおもろはありません。そういうこととも関係があって、『おもろさうし』のおもろそのものが過渡的な詞形を表現していたのではないかというふうに理解しています。

琉歌集は歌詞集

それから、琉歌はすべて三線《さんしん》で歌うものです。展示しているものも全部そうですけれども、「琉歌集」とよばれるものは和歌集と同じではありません。まず、琉歌は歌うものなんです。つまり歌詞集でして、これは三線という三味線の歌詞集です。三線のポジションを記した勘所譜《かんどころふ》と言うべき楽譜を工工四《くんくんしい》といいますが、そのもっとも古いものを『屋嘉比工工四《やかびくんくんしい》』と言います。それぞれに節名があり、楽譜がついています。この楽譜のヒント自体は中国の工尺譜の影響ですけれども、中国の工尺譜というのは主に声楽譜なんですね。沖縄の楽譜は器楽、つまり三線についた楽譜です。

『屋嘉比工工四』は、一七五〇年頃最初に出来たと思われる少しまとまった楽譜ですけれども、これには琉歌が一一七入っていて、結果的に小さな琉歌集の内容になっています。このように節名に沿う形で歌集を作るというのが、まず琉歌集の基本的なものなんです。和歌集のように、春夏秋冬・恋・雑といった分類を頭に描いては、琉歌集はわからなくなります。圧倒的に多いのは、こうした節名によるいわゆる節組《ふしぐみ》琉歌集という歌集であるというふうにお考えいただいたらいいと思います。

ほとんどがそういう節名ごとに分類編纂された歌集ですが、なかで少し後々の歌集に影響を与えたものが、今回そちらに展示してある『琉球大歌集』という歌集です。その『琉球大歌集』は冒頭「各曲原歌」のもとに、節名に原歌と思われる歌がついています。例えば、カギャデ風節ならカギャデ風節という節名があると、元歌、原歌と思われるのが一首ずつついていて、この三線曲で歌う歌が一六三首あり、一部は節組になっています。

そのもともとの『琉球大歌集』は、小橋川朝昇《こはしがわちょうしょう》という人が明治十一年（一八七八）に編集したものです。もともと小橋川朝昇が編纂を始めた当初は、第一巻に『おもろさうし』も収録する考えだったらしいのです。彼は自分の構想を、その序文のなかで書いているわけですけれども、そのなかで『おもろさうし』・神歌というのがあって、その次に只今の節組「各曲原歌」というのを書いています。

実は現在の『琉球大歌集』は当初の『琉球大歌集』ではなく、『大歌集抜《ぬき》』という抜粋です。戦前までは、あるいは『琉球大歌集』そのものがあったのかもしれません。

その節組の後に「春夏秋冬」というのがついていて、四季分類がありました。さらに細かく、雅頌・賀・逍遙・規戒・悔悟、感謝の謝とか、恋・雑、狂歌、仲風・イロハ歌、それから「南苑八景」「長歌」「短歌」「早作田はやし」で終わるというふうになっております。琉歌というものをけっこう細々分類していて、春夏秋冬に至るまで和歌に近い分類もしています。つまり現在の

『琉球大歌集』はその一部ですが、構想を記したその序のなかにもある「南苑八景」という歌集が琉大図書館で見つかりまして、これが、どうやら『大歌集』の一部で、欠落部分を補うものであるらしいのです。詳細は別の機会にゆずりますが、こういうことがわかります。

われわれがいま見ている琉歌集のなかで、春夏秋冬・恋・雑といったような分類をしているのは、明治二十八年（一八九五）に活字本で出てまいります『古今琉歌集』というのが初めてです。『古今琉歌集』の序にもありますが、大いに『大歌集』の影響を受けたものでした。

小橋川の『琉球大歌集』の構想は、別の面から言いますと、要するに歌集、歌謡であれば、全部このなかに入ってしまうというふうな大きな広がりをもっていて、現在われわれが言う琉球文学の範囲とほとんど重なってしまう構想を、小橋川朝昇が立てているということになります。

この同じような構想が、明治四十三年（一九一〇）から編集を始めた『琉歌大観』に受け継がれています。この『琉歌大観』は真境名《まじきな》安興《あんこう》さんという人が中心になって編集をしまして、この人の努力でほとんど出来上がっていたのですけれども、未完のままに終わり、昭和八年（一九三三）に真境名安興さんが亡くなって、それ以後この稿本は行方不明になっております。幸い台湾大学の研究図書館のほうに『琉歌大観』の写しがあることが十年ほど前にわかり、去年の暮れに台湾側の『琉歌大観』のそれを全部手に入れることができました。この『琉歌大観』とよばれている、明治期に企画した大歌集も、だいたいのところ、小橋川朝昇の歌集を取り込み、構想にも影響を受け、組踊まで含むほとんどの歌謡を収録し、宮古・八重山の歌謡も入り、奄美も入り、まさにその意味では、琉球文学の範囲そのものであったというふうに言えるのではないかと思っています。

戦後も、昭和三十九年（一九六四）に、島袋盛敏が同名の『琉歌大観』というのを出しておりますけれども、これはいま申し上げた八八八六の、その狭い意味の琉歌（上句が、七五音、五五音、七七音の仲風形式を含む）だけを収めたものです。わずかに大島の歌というのを入れているだけですね。われわれがいま普通に考えても、この琉歌というのは、これに長歌や口説も入っていいのではないかとか、その他もっとワクを広げて考えてもいいのではないかと思うのですが、割と短い歌だけ入れているんです。これにも小橋川の歌集の影響が認められます。平成六年（一九九四）に『琉歌大成』という、それを大きくした琉歌集が出ておりますけど、この琉歌もごく狭い意味の琉歌が中心です。

以上述べましたように、琉歌という言葉は、琉球歌、琉球歌謡であって、ひいては琉球文学の範囲であるという場合と、狭く言って、四句体の、八八八六という短い琉歌を指すという場合とがあるというふうにお考えいただいたらいいと思います。

琉歌は早くから歌集を編んで残すということをしなかったために、口伝えの口承伝承の形で伝えられてきましたので、作者名も伝承の上のものであって、あまり信頼できません。組踊の場合も、王府が管理し、当然作者がいたわけですが、それでも作者がちゃんと伝わりません。きちんと作者がいるんですけれども、王府が出した資料の情報が民間には伝わっていないという、不思議なことがあります。同じようなことは琉歌にも言えます。明らかに存在する人に仮託されたり、存在しない人が疑いのない実在の人物と信じられたりしています。作者が民間伝承化しているということが言えます。

詠む琉歌

和歌の影響は早々と受けておりまして、沖縄でも歌会を開いているということがわかります。もちろん題詠で、当座題であったり宿題であったりするという点では、全く同じです。こういう状況があると予想できるような資料もありますが、実際の歌はあまり伝わってなく、したがって用例も多くありませんが、「詠む琉歌」の例を少し紹介します。

天理本（旧竹柏園所蔵）琉歌集に、

寄雨恋　　惣慶忠孝

ふらばふれ無蔵が戻る道すがら　雨やかふかくそたよへだもの

寄月恋　　読谷山王子

共に詠めたる夜半の面影や　いつも有明の月にのこて

寄月恋　　野国按司

別れても無蔵が情け有明の　月に面影のてりよまさて

別恋　　玉城親雲上

きやならわんともて捨てて行きながら　のよで面影や残ちおちやが

寄俤恋　　玉城親雲上

袖に匂ひうつち朝夕詠めたる　はなの面影の忘れぐれしや

つまりこういうふうに断片的に、題詠が見えるんですね。「寄雨恋」（雨に寄する恋）といった歌題が見られます。ここの天理本（旧竹柏園本）琉歌集に書いてありますが、これは、一八〇〇年前後の琉歌集です。いっぽうでは和歌の歌会があって、平行して琉歌の歌会もあるということははっきりしているわけですけれども、この事実がうまく伝わっておりません。

それから、歌集と家集もここに挙げてみました。

『玉山歌集』『今帰仁朝敷詠草』『歌道』（糸満琉歌会蔵）『詠集』（垣花琉歌会蔵）

『詠歌綴』（三六会蔵）『琉歌集』（浦添朝長蔵）『詠歌綴』（浦添朝長蔵）、『浦添王子琉歌写』

『現代人琉歌詠草綴』、『詠草』（比謝矼友竹亭）、『琉歌集』（刊本、今帰仁朝敷等選）、『仲尾次政隆日記並歌集』、『戊申琉歌会』、『南苑八景』

それはほとんど近世の終わり、ないしは明治にかかってからの歌集ばかりでありまして、古い歌集はございません。とにかく、詠み歌と思われるものがあることは、これでほぼ確かですけれども、うまい具合に資料化しないというところがあります。

沖縄で新聞が明治二十六年（一八九三）に発刊されます。現存するのは明治三十二年（一八九九）からですが、新聞が出来て、新聞に文芸欄を作るんですね。琉歌欄も設けます。そうしますと、たちまち二十五くらいの結社が各地にできます。和歌の結社も平行してできますし、漢詩の結社もいくつかございます。明治四十年（一九〇七）前後がピークで、この時期やっと沖縄が落ち着きはじめた頃で、これより以前明治政府による琉球処分が起こり、旧インテリ層が秩禄を離れて地方に散ります。嘉手納《かでな》であるとか、国頭《くにがみ》の名護《なご》・本部《もとぶ》とか、それから糸満《いとまん》でありますとか、宮古とか八重山とかというのも、みな新開地なんですね。そこへ首里那覇のインテリ層・旧士族層が新天地を求めて、出ていった先で歌会を催すということがあって、多くの歌会が生まれております。

その歌は、すべていま言った題詠です。明治期の新聞琉歌和歌だけでも数万首はあるかと思います。したがって、題詠や歌合がこの時期に突然起こるということはあり得ないということです。

それ故に、近世に琉歌歌会、詠み歌というのが豊かにあったということがわかるわけです。詠み歌があるということを以前から言い続けていますけれども、まだ実態を伴うほどたくさんあるわけではありません。琉歌を詠む人は、一方では和歌を詠んでおります。和歌の詠み方、そういうのと同じような手法で琉歌を詠むわけですから、当然琉歌の歌会があって、琉歌を詠むというのは当たり前だということが言えると思います。

琉歌研究の課題

まだほかにもいろいろ研究上の問題がありますけれども、琉歌研究は、沖縄研究のなかでは、沖縄の人にとっては比較的やさしい研究なんです。例えばおもろなどの場合は、どういうふうに理解していいかわからない、未詳語と私たちがよんでいる言葉がまだまだ何百とありますけど、それでも研究者にとっては、ある意味でおもろはやさしいのです。『おもろさうし』の表記というのは、平仮名中心ですので、平仮名をそのまま読んでくださいというふうに言っているんです。しかも、仮名書き表記の、琉球文学の文献のなかで、最も文法的に優れたものなんです。文法的に優れているというのは、例えば『万葉集』の甲類乙類のように表記が正確だということです。沖縄の言葉を少しでもご存じの方はおわかりだと思いますけれども、著しい口蓋化現象というのがあって、子音が変化するんです。琉歌はそのために一層わからなくしているところがあるのです。その他、三母音という、ア、イ、ゥという母音を中心にして、ォとェがそれぞれゥとイに変化してなくなります。

ところが『おもろさうし』は、例えばェの母音がまだイにならないんです。それでイとェは区別されています。おもろの仮名の書き分けは、ほかの文献に比べて非常に厳密に出来ています。これがわかると、辞令書という平仮名書き文書とか、平仮名の金石文とか、すべて同じ筆法で、実は非常に正確な表記です。ですから、文字遣いを見て、これとこれはちがう、これは同じということがすぐわかるわけです。これに対して琉歌や組踊をどう読むかというと、例えば正書的に書くと「けふのほこらしやや　なをにぎやなたてる　つぼでをるはなの　つゆいきやたごと」と書きます。これを読むときには「キユヌフクラシャヤナウニジャナタティル　ツィブディヲゥルハナヌツィユチャタグトゥ」というふうに読みます。読みは、組踊も琉歌もこういうふうに片仮名で示したように読むというのが原則です。おもろはそのまま読めますが、琉歌はどうしてもこの片仮名の発音をあらかじめ知っていないと読めません。その平仮名は正書ですから、いちばん正しい、最も模範的な表記であって、実際は幾様にも書くことができます。どう書こうが、読みは片仮名で示した読みをします。ですから、方言を知らない世代にはけっこう難しくなってきています。琉歌や組踊の論文より、おもろの論文のほうが多くなってきています。おもろは難しいという腹づもりが我々にもあるのですけど、実際は、おもろのほうがロジカルですから、たいへんわかりやすいということが言えるわけです。

時間ですのでこれで終わりますが、琉歌は琉球文学の主要な叙情詩です。三線で歌われるウタとして、また文芸意識に支えられた歌会の歌として、さらには組踊の詞章にもなっています。しかし『おもろさうし』のおもろの研究等に較べて、琉歌研究は遅れているように思われます。近世琉歌の発掘といった初歩的な作業とか、写本の校異、その注釈的基礎研究、本土文芸との比較研究等多くの課題を残しています。本日はこの琉歌の概略と問題を簡単に述べたつもりです。

どうも雑駁な話で申しわけありませんでした。私の話をこれで終わります。ご清聴ありがとうございました。

参考文献（右の論述の理解を補うために）

池宮正治「古琉歌四首」（『琉球文学論の方法』三一書房、昭和五十七年五月）
池宮正治「和文学の流れ」（『新琉球史』近世編下、琉球新報社、平成二年三月）
池宮正治・嘉手苅千鶴子・外間愛子『近世沖縄和歌集』（緑林堂、平年二年五月）
池宮正治「大工迫安詳歌集—解説と翻刻—」（琉球大学法文学部紀要『国文学論集』35号、平成四年三月）
池宮正治「明治維新慶賀使と和歌」（『新琉球史』近代現代編、琉球新報社、平成四年十二月）
池宮正治「恋の琉歌」（『古代文学講座』4「人生と恋」勉誠社、平成六年十月）
池宮正治「琉球文学総論」（岩波講座『日本文学史』第一五巻「琉球文学、沖縄の文学」岩波書店、平成八年五月）
嘉手苅千鶴子「琉歌の展開」（岩波講座『日本文学史』第一五巻「琉球文学、沖縄の文学」岩波書店、平成八年五月）
池宮正治「『琉球大歌集』と『南苑八景』—補完と全貌—」（琉球大学法文学部紀要『日本東洋文化論集』第4集、平成十年三月）

近世沖縄の和歌

嘉手苅千鶴子

嘉手苅 千鶴子（かでかる ちずこ） 昭和二四年（一九四九）生まれ
沖縄国際大学教授
主な論著 「琉歌の展開」（『岩波講座日本文学史』第一五巻、岩波書店、一九九六）
「仲里関係オモロ」（『仲里村史』第二巻「資料編一」、仲里村役場、一九九八）
「『南苑八景』―解説と翻刻―」（『沖縄国際大学日本語日本文学研究』第二巻第二号、一九九八）
「若樹文庫旧蔵本『琉歌集』―解説と翻刻―」（沖縄国際大学南島文化研究所紀要『南島文化』第二〇号、一九九八）

はじめに

ご紹介いただきました嘉手苅です。私は今日は、「近世沖縄の和歌」という題で、これからご報告いたします。内容は、「近世沖縄における和歌の享受」「近世沖縄における和歌の特徴」「近世沖縄の和歌人たち」の順を辿っていきます。資料には、特に近世沖縄の和歌関係の資料年表を作成したものと『沖縄集』の全文を出してあります。また、本日話に出てくる資料の年号については、沖縄側の資料の場合、だいたい中国年号で出てくる場合が多く、また和年号でみえるものと両方あって紛らわしいので、西暦年号に統一いたしました。この年表のなかで今日これからとりあげるものは、一七〇〇年の『思出草《おもいでぐさ》』、一七六二年の『大島筆記』及び『琉球船漂着記』、一七七八年の『阿嘉直識遺言書《あかちょくしきゆいごんしょ》』ですね。一八四八年の『琉球国安詳詠草判《りゅうきゅうこくあんしょうえいそうはん》』いわゆる太工廻安詳《だくじゃくあんしょう》歌集、それから成立年次は不明ですが記事中に一八五四年の日付が見える資料の『御茶屋之御掛物《おちゃやのおかけもの》並《ならびに》御額御掛床字写《おがくおかけとこじうつし》』、それから一八七〇年に編まれた『沖縄集』は、初めて出版された沖縄の和歌集です。その続編ともいえる『沖縄集二編』は一八七六年の刊行ですね。及び、最後のほうに示してあるのは、年次不明ですが、見落とせないところの『浮縄《うきなわ》雅文集』という和文集です。以上の文献が話に出てくる主なものです。

そのような資料をもとに、今日は「近世沖縄の和歌」というタイトルで、大まかな話をいたします。

一 近世沖縄における和歌の享受

王府官人の教養としての和歌

十七世紀の沖縄において、首里王府の男性官人たちの間には、本土和文学の受容のあったことが見出せます。十八世紀になると、和歌・和文が非常に盛んになってきて、十九世紀の後半には、和歌集の刊行も見られます。

沖縄における和文学の研究というのは、現存する資料が不足していたこともあって、本格的な研究は数少ないといったほうが正確だと思います。けれども、ごく近年、積極的な取り組みがなされるようになると、新資料の発掘、それからその研究が進むにつれて、沖縄における和歌・和文学の受容の内実は、本土にさほど遅れることなくほぼ同時代の作品を享受していたことが明らかになってきました。とくに和歌は、二条歌学の伝統和歌を学んでいまして、桂園派歌人と親交を結んでおり、歌題や表現や内容のあり方は近世的な様相を呈しているといえます。

すなわち、沖縄の近世和歌は、王府官人たちの教養とされた学問の一つとして積極的に学ばれました。そしてその様相は本土の傾向と同様に、題詠を備えたあり方が盛んで、それが主流を成していました。そのほか、参考にしていたと思われる八代集に見られる釈教歌とか、神祇歌などといわれるような歌なども好まれていまして、こうした道歌的な作品が目立ちます。

和歌は、琉球国の内においては、とくに歌会および回忌などの法事の場で、外においては、薩摩や江戸に上った折に交流・親睦の場などで詠まれております。和歌は士族たちの教養として要求され、学問する男性の共有する文芸として隆盛した感があります。近世沖縄における和歌人は、いってみればすべて男性であって、沖縄独自の文学である琉歌のなかには、著名な女性歌人が出ておりますけれども、それらとはまったく異なります。

それから、同じく沖縄を代表する文学の中の神歌と称される「おもろ」にあれほど豊かに多く登場していた神女すなわち女性たちの姿は、和歌の詠み手としてはついぞ一人としてあらわれておりません。つまり和歌は、近世沖縄においては学問の域を越えて民衆の生活の場に広く浸透することはなかったのであります。

一般に琉球文学という場合、狭義の琉球文学、いわゆる琉球方言で表現された文学には、たとえば「おもろ」とか「琉歌」とか「組踊《くみおどり》」があって、そのほかにも奄美以南の琉球方言圏では、各地においてとくに歌謡の発達が著しいです。島々に伝来するそれらの歌謡というものはどちらかといえば、口誦のうちに継承発展した文芸群であります。こうした琉球方言で表現された、いわば狭義の琉球文学に独自性があるわけですけれども、広い視点で見たときに、沖縄の人々の手になる和歌・和文学、それからもう一方の漢詩・漢文学の分野もまた、琉球文学の範囲内であって、その視野に入れるべきところのものです。

中国の使者、冊封使《さくほうし》を歓待するために琉球で創作された組踊は、国劇として継承発展し、その創始者の玉城《たまぐすく》朝薫《ちょうくん》をはじめ、作者や出演者はすべてこれも王府の男性官人でありました。組踊はいわば公的な場における男性の芸能文学でした。

同様に和歌・和文もまた公的な場、社交の場において機能した男性の文学といえます。本土の近世和歌の歌人たちには、女性の姿がそれほど珍しくないようですが、男性官人の学問として奨励された沖縄における和歌は、学問の域を越えて、一般庶民の生活の場に浸透した形跡はいまのところ見出せません。詠み人知らずの和歌は生ずるまでもなく、近世沖縄の和歌人はすべて男性、しかも王府の官人たちや僧侶たちであったというようなことが全体的にいえます。

こうした近世沖縄における和歌受容の様子を如実に語る貴重な記事がいくつかあります。沖縄の人々が本土の和歌を熱心に学んだことがうかがえ、かつ自らも詠歌をなしていたことがわかります。和歌は王国の官人たちの間で積極的に学ばれ、定例の歌会がもたれ、本土の人々との親交の具として作用していました。そうしたいくつかの重要な記事を取り上げてみたいと思います。

まず、一七六二年の二つの資料に注目していきたいと思います。早い時期のまとまった資料としては、『大島筆記』の記事、およびそれに所収された和歌・和文がしばしば引用され、よく知られるところです。宝暦十二年（一七六二）七月十三日、琉球国の潮平親雲上《しおひらぺーちん》以下五十二人を乗せ、薩摩に向けて運天港を出た楷船が大風に逢い、七月二十一日土佐国柏島の沖を漂流のところ、島の役人が見つけ、翌日土佐国大島の港に入り、八月末頃まで滞在しております。『大島筆記』は、この琉球人一行の滞在中、沖縄のさまざまな事物について尋問した結果を、土佐藩の儒学者である戸部良熙が記録したものです。

この中には和歌関係の記事が随所に見えていて、その「附録」には「琉球人和歌」の十六首および「雨夜物語」の和文などにも琉球人の和歌十五首が含まれており、早い時期のまとまった和歌資料といえます。

実はまた、この時の記録は、当時の別人による記録である、『琉球船漂着記』という資料があらたに見出せました。この方は高知県立図書館蔵の資料です。その中の興味深い記事としては、琉球人一行の代表者である潮平親雲上の弟にあたる宜壽須里主親雲上《ぎすすさとぬしぺーちん》が、『大島筆記』にも名前の見える取り調べ役人の一人である安芸権七の息子に進物した扇に、歌を書いたとする部分です。その歌が記されていまして、これがよく知られている次の和歌です。

常盤なる松のみとりも春くれは
いま一しほのいろ増さりけり

つまり、『古今和歌集』の源《みなもと》宗宇《むねゆき》の作ですが、宜壽須はおそらくこの和歌を諳じていたものを書にしたと考えられます。というのは、琉歌集にはこの和歌をふまえた琉歌がいくつかあって、中でも当時すでに知られ、現在に至っても有名な一首に次のような作があります。

常盤《トウチワ》なる《ナル》松《マツ》の《ヌ》かわる《カワル》こと《クトゥ》ないさめ《ネサミ》
いつむ《イツィン》春《ハル》くれば《クリバ》色ど《イルドゥ》まさる《マサル》

八八八六音の音数からなる琉歌です。琉球古典舞踊の若衆踊「特牛節《くてぃぶし》」の歌詞としても知られていて、明治半ば頃に編まれた『古今琉歌集』（一八九五年）という琉歌集には、北谷朝騎《ちゃたんちょうき》の作と出ております。

北谷朝騎という人は、ちなみに一七〇三年生まれで、一七三九年に没しております。ところがこの琉歌はもっと早くに成り立っていて、尚貞王《しょうていおう》の冊封の時の使者である汪楫《おうしゅう》が一六八三年の帰国の際に王に賜わった屏風に、菊花・松・竹の図とともに琉歌の記されていたことが指摘されております（池宮正治「古琉歌四首」、『琉球文学論の方法』三一書房、昭和五十七年）。

この件については、先日も新しい家譜資料が見つかったというお話を、池宮正治先生からうかがっております。こうした家譜資料の記事には、琉歌の記載がまれに見出せます。「常盤なる松の」の琉歌はこの中の一首であったことがわかりますので、琉歌の実作者が『古今琉歌集』のいう作者では疑わしく、北谷朝騎の生存以前のもっと早い時期にすでに知られていたとみなしたほうが正確なようです。

『古今和歌集』の宗宇の和歌を改作したこの琉歌は、実はまた、江戸時代の京都の医者である橘《たちばな》南谿《なんけい》の『西遊記《せいゆうき》』（板坂耀子・宗政五十緒校注『東路記 己巳紀行 西遊記』岩波書店、平成三年）、一七八二年から三年の旅行記ですが、その中にも見えております。この旅行記には、薩摩で会った二人の医学修行の琉球人の披露した八首の琉歌が書き付けられていまして、その中の一首です。当時の琉球人たちが「琉球歌」として紹介した代表的な歌であったことがわかります。

このように和歌を改作した琉歌の存在は、これまで琉歌研究においていろいろ指摘されてきております。琉歌世界には和歌の影響を受けたものがあって、表現や素材や発想などにおいて顕著にそうした影響関係が見出せます。ところが逆に、沖縄の人々が詠んだ近世和歌の世界では、沖縄的な景物を題材にしたものはほとんど見出せません。和歌の題材に南国的な風土情緒は、琉歌のようには詠いあげられることはなかったといえます。

たとえば、和歌には歌枕、いわゆる歌の名所が出てくるわけですけれども、沖縄の歌人たちもそうした本土の歌枕の地を盛んに歌に詠いあげていて、例示すると吉野・富士・大井川・飛鳥川・小倉山・難波などは詠まれていますが、琉歌には見える沖縄の歌枕の地は和歌ではほとんど詠われることがなかったようです。ただし、近世末期から明治初期になると、首里の八景やあとに紹介する久米島産の新茶を詠むなど沖縄を題材にしていますが、近世沖縄における和歌の世界には沖縄の風景・風物はほとんど見えておりません。

近世沖縄の和歌の歌人たちや本土側の文人たちの間では、ひと頃、これは後ほどとりあげる識名《しき》盛命《なせいめい》の和文にも見えておりますが、琉球の地は、「うるま」という雅びな呼称を用いております。いってみれば琉球を呼ぶ雅語がはやっていたわけですが、「うるま」と総称された琉球がまれに用いられることはあっても、沖縄各地の個別的な地名はほとんど登場してこない世界です。

本土文芸の享受の様子

さて、話をもどします。土佐の沖合に漂着した琉球船に乗った王国の官人たちが、『古今和歌集』の和歌を諳んじていたということは、十分に考えられることでした。戸部良熙の記した『大島筆記』の中には、当時の琉球における本土文芸の享受ぶりがほかにももっと具体的に書かれています。たとえば『古今和歌集』の宗于歌を扇にしたためた宜壽須親雲上は、良熙とこういう問答をしています。宜壽須が「今以百人一首ノ絵ニ書タルヤウノ、冠服アリヤ」と問いますと、良熙は「古ノ通リ冠服・束帯ソレ〳〵アル事ニ云キカセリ」として、ここでは『百人一首』が話題になっております。

それからまた、良熙の記述は、「琉国ニテ源氏・伊勢・徒然草ナド何レモ常々見申スナドニ云リ。此度ノ船中ニモ伊勢・徒然ヲ携ヘリ。謡モ内外二百番渡リ有テ、謡フ事也。浄瑠璃本ハ近松ガ作多有リ。近年ノモ来ル由イヘリ」などとあり、本土の文学・芸能は当時の琉球官人たちのごく身近なところにあります。

また、この船の船頭の一人、二十九歳の長嶺《ながみね》という人物について、良熙は「和文和歌ヲモ善ス。北京ヘモ一度参タル由ニテ、唐話ヲモナセリ」と言い、それから潮平親雲上のほかの家来（家頼）たちについて、「家頼共モ手習ヲス。中官ノ者共ハ書ヲ讀ミ、手習イナドス」とあって、船中の琉球人たちの学問の様がうかがえます。

それからさらに、「人物風俗」の項では、「官家ノ男子十五歳ニシテ、文字ヲ書、三司官ヘ見セ、許《ユルシ》ヲ受テニ元服ス」とあって、つづけて「女子」のほうはというと、「手習ヲセズ。只ウミオリノ事ヲ重ス」とあります。男子は「手習、学問、武芸ナト心掛稽古スル也。和歌、和文、蹴鞠、諷香会、茶湯、碁、雙六等、日本ノ如ク弄ヘリ」と記しており、ここには琉球王国の官人たちの本土文学や技芸などにたいする熱心な学びがあって、かつ広く浸透していったことがうかがえます。

和歌は十八世紀半ばのこの時期、琉球の官人たちの生活にしっかりと入り込んでいたのです。たとえばまた、同資料に、年頭にあたって子供などの書き初めすることは大様違わないように見える、として書き初めされた二首の和歌が記されております。その和歌は、

改玉の年の始に筆とりて　萬のたから我ぞ事とる

豊国の硯の海も静にて　筆書初る春の祝言

とあります。

船長の潮平親雲上の従弟という照屋里之子《てるやさとぬし》は、薩摩に留学するために同じ船に乗っていましたが、やはり和歌をたしなんでいて、別れに際して「留別の歌」という題で次の一首を詠んでいます。

帰るさもわすれはてにき此夕

君がなさけの玉の言の葉

思いがけず土佐に滞在することになった琉球の楷船の官人たちは、土佐の役人たちと親しく和歌の贈答をしあっていたということがうかがえるものです。

按司家の和歌の会

さて、この潮平親雲上は、当時五十三歳、琉球役という役職ですけれども、この方は和歌がどちらかといえば苦手だったらしいのですが、和歌の会に関して詳しい報告をしております。つまり、「和歌の会はむつかしき者也」ともらしていて、潮平自身も出たことのある当時の和歌会の様子を、以下には次のように詳しく語っております。

　按司家ニテ毎月十八日有。向フニ和歌三神ノ像ヲ掛ケ、前ニ香ヲ炷キ、文臺ヲ置。此文臺ハ桐ノ白木ニ、カツラヲ岩緑青ノ付立ニ書リ。葉ハ蔦ノ葉ノ通リ也。扨夫々ソノ讀人懐紙ニ歌ヲ書、懐中シ列坐シ、次第〳〵ニ文臺ノ前ヘ進ミ寄リ、懐紙ヲ置、又退居ル。ソレヲ集ル役人アリテ集メ、又讀上ル役人アリテ、進出テ歌フ如クニ讀上ル也。此席ヘハ国王モ稀ニ出合アル事也。潮平モ折々覗キニ参リシ也。詩ノ會ト違ヒ扨々ムツカシキ者也。

按司《あぢ》家で毎月催された和歌会にはきびしい作法のあったことなどがわかります。そしてこのあとに、潮平の友人らしき津嘉山親雲上《つかやまぺーちん》の和歌好みぶりが語られていて、先年中国へ一緒に行った折に、津嘉山は行く先々で和歌を詠む熱心さで、潮平は「ヨメ〳〵、讀ヌハ不届」とすすめられたけれども、「イソカハシキ役、中々歌所デハ無キ」と申して習わなかったのだということなども記されております。

以上のような『大島筆記』の記述には、琉球人の潮平親雲上一行を通して、当時の沖縄における和歌学びの実態が如実に語られているといえましょう。末尾の「附録」には、「琉球人和歌」として平鋪《へしき》（平浦とも。平敷《へしき》か）親雲上《ぺーちん》作とする十五首や池城《いけぐすく》親方《おやかた》の一首、および久志《くし》親雲上《ぺーちん》作といわれる「雨夜物語」に含まれている歌十四首があります。先ほど例にあげた照屋里之子の留別歌一首をあわせると三十一首の琉球人の詠んだ和歌が収録されているわけです。

王府官人の必読書

『大島筆記』のこうした記録を通して、十八世紀の後半に沖縄で和歌の例会が催されていたこと、その場にはまれに国王の姿も見られ、和歌が王国の上流官人たちを中心にいかに盛んに享受されていたかがうかがえました。また、別のところでこうも記しています。

琉国ニテ源氏・伊勢・徒然草ナド何レモ常々見申スナド云リ。此度ノ船中ニモ伊勢・徒然ヲ携ヘリ。謡モ内外二百番渡リ有テ謡フ事也。浄瑠璃本ハ近松ガ作多有リ。近年ノモ来ル由イヘリ。

（以上に引用した『大島筆記』は、高知県立図書館蔵の『大島筆記』上中下の三冊本に拠る）

ここには学問の必読書として『源氏物語』『伊勢物語』『徒然草』などの和文、それから内外二百番の謡、近松の作なども多数あったことがうかがえます。

こうした沖縄における和文学の学びをもっと明確に語っている資料には、もう少し後の一七七八年それから八三年に書き継がれる「阿嘉直識遺言書」(『東恩納《ひがおんな》寛惇《かんじゅん》全集』5、第一書房、昭和五十三年)があります。那覇の士族の阿嘉直識が幼い息子に書き遺した有名な遺言書でして、ここに列挙された和書の必読書には歌書の類も含めて、さまざま出てきております。たとえば『詠歌大概』『秀歌大略』『百人一首』『十五ケ条』、それから三代集の『古今和歌集』『後撰和歌集』『拾遺和歌集』、それから家の三代集としての『千載和歌集』『新勅撰和歌集』『続後撰和歌集』など、ここに数々の和書や漢籍が挙げられておりまして、この末尾には、「和漢共に、月にねり、歳にきたひ、年々歳々に怠らざる様に、気根を養ひ、随分相励み、相学ぶべき事」と記しております。こうした読破獲得すべき和学書のリストによって、那覇の士族たちが、和歌をいかにして修練したかがうかがえます。

二　近世沖縄における和歌の特徴

沖縄におけるこうした和歌と識名盛命

沖縄におけるこうした和歌の起源はどのあたりに辿れるのでしょうか。これについては、真境《まじき》名《な》安興《あんこう》の一九二三年にはじめて刊行された『沖縄一千年史』（『真境名安興全集』第一巻、琉球新報社、平成五年）に早い見解が見られます。真境名によると、和文学が沖縄に伝えられた年代は不明ですが、城間《ぐすくま》盛久《せいきゅう》（一五四二～一六一二年）の筆跡で、『和漢朗詠集』や『徒然草』の残っていたことが指摘されています。その後、沖縄にかかわる和文といえば、堺生まれですけれども、茶道で尚寧王に仕えた喜安《きあん》入道の一六二一年から四〇年頃に書きあげたとみなされる『喜安日記』（『日本庶民生活史料集成』第二七巻、三一書房）があって、その中に和歌四首の見えているのがもっとも早い記録です。

他方、沖縄人の書いた和文としては、日琉同祖論で知られる向《しょう》 象賢《じょうけん》（羽地《はねじ》朝秀《ちょうしゅう》）の編纂した『中山世鑑《ちゅうざんせいかん》』（一六五〇年成る。横山重編『琉球史料叢書』第五巻、東京美術、昭和四十七年）があり、片仮名交じりの和文体です。これには『保元物語』『平治物語』などの軍記物語が引用されています。朝秀は、首里王府の若い官人たちに対して「学文」奨励の令達（『羽地仕置《はねじしおき》』一六六六～一六七三年）を出したことでも知られている人です。

これより先に編まれた『おもろさうし』（一五三一～一六二三年）はもうすでに成立しているわけですけれども、この中に収録された神歌であるおもろの表記は、平仮名が主体で、まれに漢字が用いられています。全二十二巻に収録したおもろがすでに解りにくくなっていた時代の十八世紀の初め頃、沖縄最古のことば辞書として登場する『混効験集《こんこうけんしゅう》』（一七一一年）が、成立しています。この中に和漢の多数の書籍が引用されていて、ここでも『源氏物語』『伊勢物語』『徒然草』『太平記』、それから『呉竹集』『題林愚抄』『西行家集』『節用集』などの和文学や和歌集、和辞書が注目されます。

この『混効験集』編纂のスタッフに名前を連ねている識名盛命（一六五一～一七一五年）は「当代一流の知識人」と評価高く、先ほど述べました『思出草』という和文による紀行文の筆者でして、この中に和歌がふんだんに散りばめられております。盛命は、『沖縄一千年史』によりますと、「沖縄の和歌の鼻祖」として位置づけられています。

『思出草』にみる和文と和歌

盛命は年頭使として、一六九九年七月三日に薩摩に入り、翌年十月十八日に帰国しますけれども、『思出草』はこの間の紀行文で、上中下の三巻から成っています。出発から帰国までの折々のことが、全部で十九章の章題をもつ和文で記されています（以下の『思出草』の引用は東思納本に拠る）。

たとえば上巻は、「おほやけの詔をうけて大和に渡りし詞」から始まり、全十章で成っています。その各章の内容は、霧島神社に詣でたこと、茶会の催しに招かれたこと、歌書をいただいたこと、それからうるま百合を送られたことなどが和歌を含んで記されており、薩摩における琉球人使者の暮らしぶりがうかがえます。たとえば第九章の「ある人うるまゆりを送られける時つかはしける詞」は、和歌を二首含んだ次のような短文です。

ある人うるまゆりを送られける時つかはしける詞

いにし日は、御前栽のうるまゆり、今を盛なるよしにて、匂ひことにふかきを折せ給ひ、こは故郷の花といへは、馴し色香も猶床しくや詠はへらんとて、おこせ給ふ御せうそこの奥に、

見るやさそ花の色香もいまさらに
ふるさといとゝこひしかるへき（三〇番）

となん有ける。けにや旅の習ひ、おほやけわたくしにつけて、事とある時ことあれともすれ

は、故郷のかたのみ心にかゝりて、わりならぬ北の国よりうつしこし花橘のにほひにも薫風自南来とおほめく折しも、かゝる御たまものを見るより袖にうつりて、ふとおもひいつるゆかりおほく、心ときめく物から、かゝるめてたき花をおしともはふき給はて、下官かために手折こし給ふ御心さし、色より香よりふかきみめくみと、かしこう身にしみて、

手折こす君かこゝろのはなに猶
にほひをそふるゆりのひとふさ（三一番）

この中の三〇番の通し番号を付した歌は、百合を送ってくれた人の歌で、三一番が盛命の歌です。この『思出草』には、全部で六十七首の歌が収められていますけれども、ここに見える三〇番の一首だけが、盛命以外の者の作で、あとはすべて盛命の詠歌になっております。

『思出草』にみる回忌の和歌

さて、上巻の最後は「尚益の君王子御誕生を祝ひ奉る詞」というめでたい話で結んでいるのに対して、ここで注目してみたい中巻は、四章の哀悼文から成っております。いわゆる「国母の薨御をいたみ奉る詞」の章で始まり、ここには三首の和歌を含んでおります。第二章は「亡父の十三回忌をとふらふ詞」で六首の歌を含み、第三章は「身まかりし娘の三回忌をとふらふ詞」で八

首、それから第四章が「亡母をとふらふ詞」とあり、七首を収めています。

これらの哀悼文は、三章までが識名の身内の者たちの回忌、法事の折に関連するものでありますが、一連の和歌がまとまりをもって詠まれていることに留意できます。たとえば、第二章の亡父の十三回忌の歌六首においては、「なむあみたふつ（南無阿弥陀仏）」という文句をそれぞれの歌の冒頭音に据え置いていることです（ただし最後の「つ」は末尾歌下句の冒頭に見出せる）。次の六首です。

なに事もかりの名のみと思ひとりは
　迷ひをのこす道やなからむ（三七番）
むつのねのつみもきえなん二なく
　三なき法のかとに入なん（三八番）
ありと見るもかひなき物か夕露の
　風まつほとのたまのひかりは（三九番）
みつのよのへたてもあらしおのつから
　十のさかひにあそひ馴ては（四〇番）
たのめたゝちかひの海の風ふかは

御法のふねに身をもまかせて（四一番）

ふるさとのくさのはらからけふはさそ
　露のあとゝふ袖しほるらむ（四二番）

つづく第三章の娘の三回忌にかかわる和歌の冒頭の漢字は、おそらく法号だと思われますけれども、「寂道妙清禅定尼」という名前がとり出せます。次がそれです。

寂《ミスカ》なるひかりありてふ御佛の
　もとのすみかに君やますらむ（四四番）

道しるへしてやをしふるあたし世は
　おいもわかきもおなしならひと（四五番）

妙なれやのりのはちす葉にこりにも
　しまぬこゝろをたねとひらきて（四六番）

清き江におもひいらすはにこりなき
　こゝろの月のかけも見ましや（四七番）

禅《シスカ》なるこゝろの水にうつしみて
　とをの界もかけとしらなむ（四八番）

定なき世のためしとはしら玉の
　つゆときえにし人のかなしさ（四九番）
尼かつの残るもうしやうたゝねを
　いさめし君は夢となる世に（五〇番）

同様に最後の章の亡母にかかわる歌群についても、七首の和歌は法号「性月本光禅定尼」の文字を冠して歌われています。これも例示します。

性にはへたてもあらしのりの庭
　ひらくる花はいろうすくとも（五一番）
月の入るかたそ戀しきわかれてし
　きみかありかをそことおもへは（五二番）
本にかへる道とはきけとうらめしや
　おくりすてたる野邊の草むら（五三番）
光をもしはしのこさは入月の
　あとなるやみもまとはしものを（五四番）
禅なるこゝろひとつにおもひ入

ほかにはのりの道もあらしな（五五番）
定なき世になからへてはゝきゝの
かれてさひしきあとをとふかな（五六番）
尼ならぬ優婆夷なからも思ひ入
のりの門にはへたてあらしな（五七番）

このように各章にみえる一連の歌の順番には意味があって、入れ替えることができないもので、冒頭音が亡き人追悼の文句を形成するという技巧をこらした仕立てになっています。

念仏の文句を含む仏教和歌

「南無阿弥陀仏」という念仏の文句が歌の頭に置かれていたわけですけれども、これを本土の和歌集ではたとえば八代集に調べてみますと、『拾遺和歌集』（小町谷照彦校注『拾遺和歌集』岩波書店、平成二年）の巻二十「哀傷」の部に、空也上人作として、一首の中に「南無阿弥陀仏」ということばが入った作が見出せます。

一度《ひとたび》も南無阿弥陀仏と言《い》ふ人の
蓮《はちす》の上にのぼらぬはなし（一三四四番）

それからまた、『千載和歌集』（片野達郎・松野陽一校注『千載和歌集』岩波書店、平成五年）の巻十八の「折句歌」の中にも見えております。ここは折句、つまり一首内の各句の頭に「なもあみだ（南無阿弥陀）」ということばが折りこまれていて、たとえば「なもあみだの五字を上《かみ》にを《お》きて、旅《たび》の心をよめる」と題した次にあげる仁上法師の作です。

何《なに》となくものぞかなしき秋風《あきかぜ》の
身にしむ夜半《よは》の旅《たび》の寝覚《ねざ》めは（一一六八番）

各句の最初のことばを拾い集めると、「なもあみだ」ということばが取り出せます。

しかし、盛命の和歌では、数首の歌に連鎖して詠まれているわけでして、このような歌が他にないものかといろいろ調べましたら、明治四十五年に原本の刊行された松尾茂編『道歌大観—仏教和歌の集大成』（三宝出版会、昭和五十七年）の中の「冠字附」の部にこうした作がいくつか見出せました。その中でたとえば年号のわかるもので、享保十五年（一七三〇）の亡妻哀悼、それから正徳二年（一七一二）の祖母追悼などの歌に、やはり「なむあみだぶつ」ということばを一連の和歌の各冒頭に据えて歌を詠んでいることがわかります。どうやら十八世紀頃の本土においても、はやっていたようです。盛命の『思出草』はこれらよりも早い時期です。

こうしたあり方というのは、沖縄側では盛命の作のほかに、実は先ほど話しました成立年不明の『浮縄雅文集』の中にも見えております。この中には二十九編の雅文とその中に和歌があり、面白い文章が結構出てきます。和歌を含んだ哀悼文は八編ほど見えていて、いわゆる回忌をめぐる歌なども出てきております。その一つの雍正五年（一七二七）六月二十三日の日付をもつ作者不明の作に、これも「なむあみだ」のことばを五首の和歌の頭に置いて詠んだものが見出せます。他の七編の哀悼文については、早い日付は一七二七年七月から、新しい作では一七五一年であることがわかります。

こうした法事にかかわる和歌、あるいはその和歌を含んだ和文が目につくわけですけれども、十八世紀頃の沖縄で歌の詠まれた場としては、和歌の会以外では、この法事の場が重要な役割を担ったことが浮上してきます。当時の沖縄でいわゆる釈教歌、それに神祇歌が好まれていたといえます。

『思出草』にみる旅の和歌

さて、『思出草』の下巻は五章から成り、「諏訪の祭りをおかみし詞」「慈願寺に詣し詞」など寺社参詣からはじまり、「福山の駒率見にまかりし詞」「弁財天女を祭奉りしことは」、最後は「御暇たうへて帰帆をもよほす詞」で終わります。このような日記的な紀行文に記された和歌のもう一つの特徴は、他の観点で見ますと、盛命が旅先の薩摩の地に滞在して思ったこと、感じたことをそのまま詠みこんでおります。旅で訪れた各地の風景、風物がさかんに詠まれております。たとえば、しはちの川・高千穂の宮・霧島山・安楽の里・吉野の原・さくら島とかが詠われていて、いわゆる旅歌とよばれるものです。旅先の地の風景・風物を詠むあり方は後世の歌人たちの間にもいえることで、たとえば江戸上りの琉球人使節の中には途上の歌枕の地を詠んでいる歌人もいまして、中でもあとで述べる浦添《うらそえ》朝熹《ちょうき》の歌はまとまって残っています。

三　近世沖縄の和歌人たち

平敷屋朝敏

識名盛命のあとにさまざまな歌人たちが出てくるわけですけれども、今日、作品を残している近世期の沖縄の歌人たちについて見ると、有名なところでは『大島筆記』に十五首の和歌が収録されている平鋪（浦）親雲上すなわち平敷屋《へしきや》朝敏《ちょうびん》がつづきます。朝敏は、組踊『手水《てみず》の縁』の作者と伝わる人であり、「苔の下」「万歳」「貧家記」「若草物語」といった四編の擬古文による物語（複製本『平敷屋朝敏文集』上・下、沖縄県立博物館、昭和五十二・三年）があって、それぞれに和歌が織り込められており、全体で一二九首数えることができます。朝敏作と伝わるこの和歌・和文の特徴というと、組踊同様に恋をテーマとしていることです。実作者としての女性の歌詠みは、先ほども述べたように近世沖縄では生まれませんでした。

ところが、朝敏の物語世界の中には和歌を詠む女性が姿を見せていて、「苔の下」では仲島の遊女であるよしや、それから「万歳」では勝連の郡浜崎の里の真鍋樽金《まなべたるがね》といった女性たちが登場しています。これらの沖縄を舞台とした作品の中の女主人公たちは、男性と和歌を贈答しあう女性として登場しております。朝敏の作品は、『伊勢物語』や『源氏物語』、ほかにも『宇津保物語』や『狭衣物語』など、平安朝の物語が色濃く影を落としていることがつとに指摘されています。また、この朝敏の弟子といわれる久志親雲上の「雨夜物語」も十四首の和歌を含む擬古物語です。

本土和歌の世界では『万葉集』以来、数々の恋の歌が詠まれており、歌は生活の場に生まれ育ってきたというふうにいわれます。その後の本土の近世における女流歌人たちの姿というのは、たとえば今年出た柴桂子氏の『近世おんな旅日記』（吉川弘文館、平成九年）には女性たちのいきいきとした作歌活動の実態がうかがえます。ところが沖縄においては、朝敏の作品に見るような女性の和歌歌人は現実とはほど遠くて、沖縄の恋の歌の男性作者たちは、女性による返し歌がまったくない世界にいたといえます。つまり、現実の恋愛生活には和歌は作用することなく、和歌そのものは王府の知識人、男性官人たちのみに共有された文芸でありました。

浦添朝熹・太工廻安詳

つづいて、沖縄の著名な和歌人では、さきにも触れた浦添朝熹（一八〇五〜五四年）が注目されます。朝熹は、本土歌壇の桂園派の樹立者として知られる、香川景樹に私淑した歌人といわれます。『薩藩名家歌集』中巻には一八四二年の江戸上りの頃の朝熹の詠歌が多数あり、今日では総数一一一（重複・類歌を除くと九十）首の朝熹作品が明らかにされています（池宮正治「浦添朝熹の作品の若干の問題」、琉球大学法文学部紀要『国文学論集』29号、昭和六十年）。

また、朝熹よりは年上ですが、ほぼ同時代の太工廻安詳（一七九一〜一八五一年）は歌集が発見されています。ハーバード大学燕京図書館蔵の『琉球国安詳詠草判』（一八四八年）がそれでして、所収する三十首の和歌は春夏秋冬・恋・雑の構成をもっている歌集であることが指摘されています（池宮正治「ハーバード大学燕京図書館蔵太工廻安詳歌集『琉球国安詳詠草判』」、琉球大学法文学部紀要『国文学論集』35号、平成四年）。

宜湾朝保

以上に取り上げてきた盛命、朝敏、朝熹、安詳などは、沖縄の和歌界で見逃せない歌人たちといえます。しかし、本日はあまり触れることができませんでしたけれども、沖縄の和歌界を代表する和歌人として一人挙げるとすれば、近世末期から近代初期に生きた宜湾朝保《ぎわんちょうほう》（一八二三〜七六年）です。最多のおよそ八百首の詠歌を残した歌人で、さきに述べました『沖縄集』、その続編ともいえる『沖縄集二編』（一八七六年）の編者でありまして、その没後に門弟の護得久朝置《ごえくちょうち》によって編まれた『松風集』（一八九〇年）という私家集があります（池宮正治・嘉手苅千鶴子・外間愛子編『近世沖縄和歌集本文と研究』ひるぎ社、平成二年）。なお、三歌集の影印本が出版されています（池宮正治監修・解説『宜湾朝保沖縄近世和歌集成』緑林堂、昭和五十九年）。

『沖縄集』が刊行されたのは明治三年でありますが、別名「沖縄三十六歌仙」とも呼ばれるこの歌集には、その当時すでに故人となっていた和歌人三十六人の歌が収集されています。沖縄における二百年来このかたの歌人たちの作を一首ずつ、三十六首の歌が掲載されており、すなわちここには近世沖縄の代表的歌人たちの勢揃いした和歌を見ることができます。各作品はすべて題を添えており、しかも歌集全体の構成は春夏秋冬恋雑を意図し、勅撰和歌集の伝統とする配列であることが認められます。

また、この『沖縄集』には朝保の師事した桂園派の高弟であります八田知紀《はったとものり》の序文、歌友の樺山資雄《かばやますけお》の跋文を添えており、詠歌の方は朝保の書となっています。流麗な筆勢によるさまざまな技巧をこらした散らし書きも見えていまして、歌集としての気品を高めており、書としても薫り高いものと評されています。

続編と見られる『沖縄集二編』には、薩摩の福崎季連《ふくざききれん》の詠歌を含めまして総勢一〇九人の当代の歌人たちの、九六七首が収録されています。朝保が、八田の門下であり最後の在藩奉行であった季連とともに、和歌を奨励したことによって、一時、門弟は数百名に達していたというような記事も見えております。

久米島産の新茶を詠む和歌人たち

ところで、最後にハワイ大学のホーレー文庫に所蔵されているところの写本資料の一つ『御茶屋之御掛物並御額御掛床字写』（普天間助蔵の筆写。成立年次不明）をとりあげます。その中には、朝保の親しい人々の間で催された歌会の様子を語る興味深い記録が残っています。同治八年（一八六九）の孟春のこと、朝保のもとへ久米島の上江洲《うえず》老翁の手摘みの茶が、和歌十一首を添えて富川盛奎《とみかわせいけい》によって届けられます。その新茶をくみながら朝保ほか七名の歌人たちによる詠歌があっ

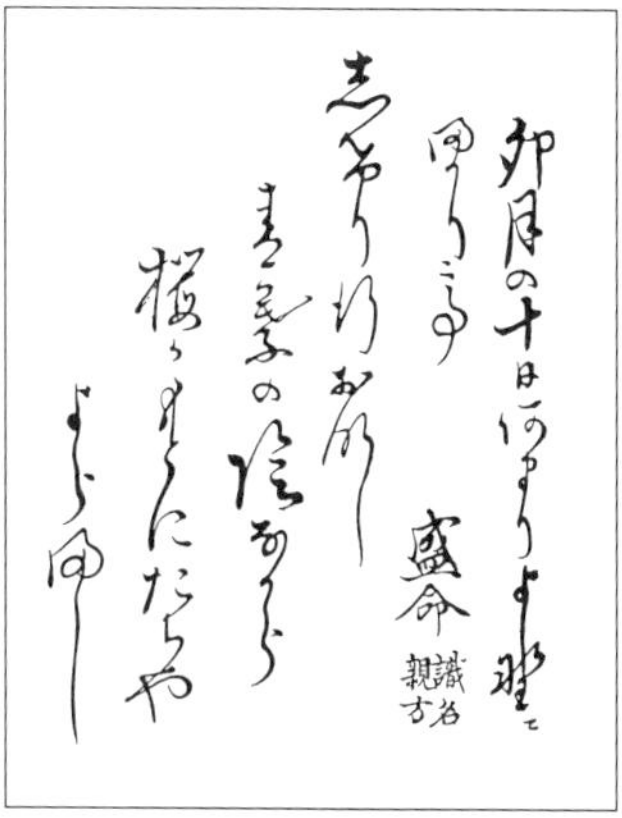

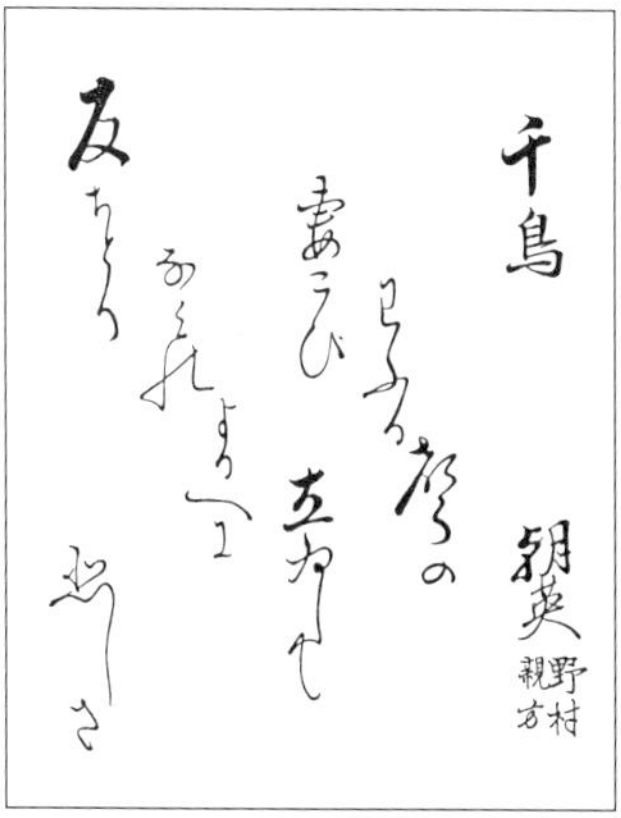

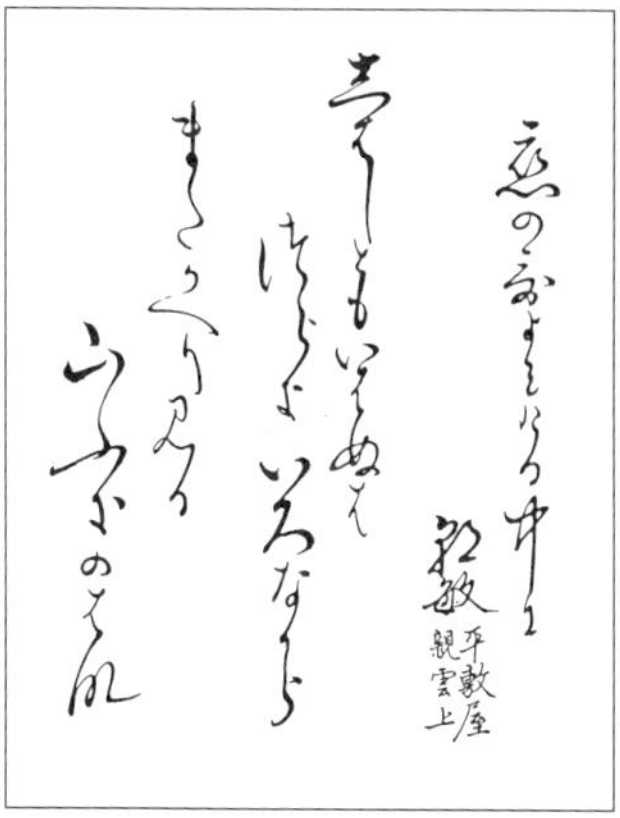

右上：『沖縄集』15番歌

識名盛命の『思出草』上巻の「吉野の原の駒率見に侍りし詞」では初句の「しけり行」が「しけりおふ」とある。

左上：『沖縄集』24番歌

「千鳥」と題する「友ちとりなみのよるへに立ゐして妻こひわふる聲の悲しさ」の一首である。千鳥と波の動きをイメージさせる散らし書きである。

左下：『沖縄集』27番歌

平敷屋朝敏のこの歌は「苔の下」では何某の按司の詠んだ歌としてみえる。

て、その折の二十首（うち一首は長歌）が記されています。久米島産の新茶をめぐって詠まれたこれらの和歌の中から、各人の一首を挙げてみます。

唐土も大和もあらぬ沖縄の
久米のこのめのめつらしき哉　富川盛奎

新しく摘るこのめははる〳〵と
都のそらに匂ひけるかな　護得久按司朝置

月花に酔しこゝろをさますとや
このめはる〳〵かをりきにけむ　宜野湾親方朝保

かしこしな君か恵にさそはれて
こゝろのちりも何地ゆく覧　普天間親雲上助蔵

遙なる（久）米のこのめをにてくへは
老もわかゆくこゝちこそすれ　村山里親雲上盛升

はる〳〵と送るこの芽のにほひをは
都の人にうつしける哉　豊村親雲上朝勅

とほなみの音をまとゐにきゝしより

こゝろの水はすみわたりけり　　上里親雲上盛恕

かねてよりきゝし翁のおもかけを
おもひうかへてくむこのめかな　　宜野湾里親雲上朝宏

春風にさそはれにほふ木の芽には
こゝろのちりもすゝく也けり　　大宜見里親雲上朝直

こゝろさしふかゝる人につまれすは
大方野邊のこのめならまし　　仲尾次筑登之憲詮

近世沖縄における和歌隆盛の時代は、近世期からこうした近代初期に及んで受け継がれてきましたところの現存する数少ない和歌集や、和文や関係資料の記事などから、確実に辿れつつあります。しかし、『沖縄集』にみえる歌人でさえ、各人の伝記については約三分の一ほどの人が不明であります。また、ここでは詳しく紹介できませんでした成立年次不明の雅文集『浮縄雅文集』には二十九編の雅文と和歌が収録されていますが、ここにも近世の和歌人たちの姿がみえます。中には平敷慶隆《へしきけいりゅう》（一六五一～一七〇六年）のように、沖縄における和歌・和文の中心的な人物であったことはわかっていても、作品のまったく残らない人物もいます。

おわりに

近世沖縄の和歌は、本土の伝統和歌を首里王府の奨励のもとに積極的に学んだ学問であり、それは本土の近世期のほぼ同時代の和歌の流れに連なった世界であったといえましょう。琉球王国の男性官人にとって教養の一つであり、習得すべき学問として和文学や和歌書を学びました。ときには国王も列席したという官人たちの和歌の例会や法事などの場において、または薩摩や江戸など上国の折に大和人との交流の場などで詠まれ、披露されたものでした。その中に女性歌人たちによる詠歌は一首として見当たりません。男性官人たちの間で隆盛していたとはいえ、琉球方言圏内の、庶民の生活の中にどうやら和歌が浸透することはできなかった時代のようです。

近世沖縄における和歌の研究というのは、従来の少ない資料では本格的な研究はほとんどなされておりませんでした。今日ではとくに琉球大学の池宮正治先生がさまざまな和歌資料や関係記事を発掘紹介されておられます。少しずつ数を増してきたこのような文献資料を前にして、沖縄の和歌研究というのは、歌人の研究にいたしましてもあるいはその作品につきましても課題は多く、今後ますます興味深い問題を提示してくる研究対象となってきたように思われます。

時間の都合上、後半ではあちこち端折りながら、以上でご報告を終わります。

参考資料Ⅰ　近世沖縄の和歌関係年表および関連記事

＊近世沖縄における和歌・和文にかかわる作品と人物記事についてとりあげた。なお、琉球文学史上で重要な〔おもろ〕〔組踊〕〔琉歌〕に関する記事もあわせて示した。

一五三一　『おもろさうし』巻一成る。〔おもろ〕

一六〇〇　喜安入道来琉。
＊喜安は一五六六年、泉州堺生まれで、茶道で尚寧王に仕える。
＊『喜安日記』（一六二一～一六四〇年頃に成るか）は、〈和歌四首〉を収める。一六〇九年三月～一六一一年十月までの記事。

～一六一二　城間盛久（一五四二―一六一二）の筆蹟の、『和漢朗詠集』及び『徒然草』が遺存。
（真境名安興『沖縄一千年史』による）

一六一三　『おもろさうし』巻二成る。〔おもろ〕

一六二三　『おもろさうし』巻三以下成る。〔おもろ〕

一六五〇　『中山世鑑』成る。
＊尚象賢（羽地朝秀　一六一七―一六七五）の編。片仮名交じりの和文。『保元物語』『平治物語』など軍記物の引用。

〜一六八八　和歌第一期（元禄前に生まれたる歌人）
識名盛命　屋良宣易　池城安倚　安仁屋賢孫
石嶺真忍　国頭朝斎　惣慶忠義
（『沖縄一千年史』による）

一七〇〇　『思出草』成る。
＊識名盛命（毛起龍　一六五一―一七一五）の著。全十九章から成り、中に〈和歌六十八首〉を含む。『古今集』『後撰集』『枕草子』『源氏物語』『和漢朗詠集』などを参照しており、儒教・仏典・漢籍・有識故実などの知識が豊富である。

一七一〇　『おもろさうし』書き改め本成る。［おもろ］

一七一一　『混効験集』成る。
＊首里王府で編まれた沖縄最古の言葉辞書で『源氏物語』『伊勢物語』『徒然草』『太平記』、『呉竹集』『題林愚抄』『西行家集』などの引用がある。

一七一九　組踊の初上演。玉城朝薫（一六八四―一七三四）の五番成る。［組踊］

一七三四　平敷屋朝敏（一七〇〇－一七三四）没。
＊『平敷屋朝敏文集』には四編の擬古物語が収録されており、各編はそれぞれ、「若草物語」に〈和歌二十首〉、「苔の下」に〈和歌五十一首〉、「万歳」に〈和歌十八首〉、「貧家記」に〈和歌四十首〉を含む。

一七六二　『大島筆記』成る。
＊戸部良熙の記録で、内題に「琉球国潮平親雲上以下五十二人大島浦漂着之次第」とある。
＊「附録」に〈琉球人和歌十六首〉
・「雨夜物語」（久志親雲上作）に〈和歌十四首〉、「出会詩歌」に照屋里之子作〈和歌一首〉を含む。他に〈琉球歌五十六首〉も記す。
『琉球船漂着記』（宝暦十二年琉球船漂着記之次第）成る。

一七七五　『屋嘉比工工四』はこの頃までに成る。［琉歌］
＊屋嘉比朝寄（一七一六－一七七五）の編。

一七七八　『阿嘉直識遺言書』の一部成る。二部は一七八三年成る。
＊幼い息子の直秀に書き残した遺言書で、文中に「歌書は、詠歌大概、秀歌大略、

百人一首、十五ケ条に是ある三部の抄にて候、三代集とは、古今集、後撰集、拾遺集を申候、家の三代集とは、千載集（俊成卿撰）新勅撰（定家卿撰）続後撰集（為家卿撰）祖師三代の集にて候故、家之三代集と云ふ、家之集とは為家卿集草庵集にて候、聴雪集（俗に雪置と号す）右の諸抄二条家の眼目にて信仰仕ることにて候間、常々熟覧可致候、和歌の庭訓（定家卿作）毎月抄（上同）初学和歌式、八重垣、荻のしをり、浜の真砂、秋のねさめ、和歌道しるべ、または愚問賢註、井蛙抄、是等の諸抄を以て、歌のよみかた稽古執行可致候。和書は、伊勢物語、源氏物語、徒然草なとの書、精を出し、和漢共に、月にねり歳にきたひ、年々歳々に不怠様に気根を養ひ随分相励し可相学事」（東恩納寛惇「阿嘉直識遺言書」参照）とある。

一七九五〜一八〇二　『琉歌百控』三巻成る。〔琉歌〕

一八二八　『松操和歌集』（川畑篤実編）成る。

＊〈沖縄関係和歌十六首〉（読谷山朝恒王子七首、山川親方六首、池城親方二首、読谷山王子一首）所収（福井迪子・橋口晋作・田中道雄編『松操和歌集　本文と研究』参

照)。

一八四二　浦添朝熹(一八〇五—一八五四)の江戸上り。

＊朝熹の和歌は『薩藩名家歌集』中巻に「沖縄なる浦添王子詠草」五十三首、「浦添王子詠歌補遺」二十一首、「今村翁助筆写浦添王子詠歌」十二首など、総数一一一首(重複・類歌を除くと九十首)がある(池宮正治「浦添朝熹の作品の若干の問題」に詳細)。

〜一八四三　和歌第二期(元禄より天保に至る──文運隆盛の時代)

平敷屋朝敏　栢堂道庭和尚　東風平朝衛　与那原良矩
本部朝救　読谷山朝憲　宜野湾朝祥　浦添朝英
世名城盛郁　大工廻安祥　義村朝顕
(『沖縄一千年史』による)

一八四三〜　和歌第三期(天保以後近代に至る)

浦添朝熹　豊見城朝春　宜野座朝昌　豊見城朝尊
宜野湾朝保　具志頭朝勅　普天間助蔵　村山盛升
護得久朝置　小禄朝恒　豊見城盛昌　伊江朝平
伊江朝祥　糸洲賀郁　玻名城政順　奥間朝建

摩文仁安祥　山川朝孝　豊見城盛政　内間良恭
野村朝英　具志幸博　渡久山政規　山口宗政
山内盛富　古堅政樹　護得久朝常
（『沖縄一千年史』による）

一八四八　『琉球国安詳詠草判』（太工廻安詳歌集）成る。
＊太工廻安詳（一七九一－一八五一）作の和歌三十首が春夏秋冬・恋・雑で構成（池宮正治「ハーバード大学燕京図書館蔵太工廻安詳歌集『琉球国安詳詠草判』」に詳細）。

一八五四～　『御茶屋之御掛物並御額御掛床字写』ハワイ大学ホーレー文庫蔵（普天間助蔵の筆写）。
＊中に久米島上江洲老翁手製の茶による歌会にかかわる年代不明の題詠〈和歌十八首〉同治八年（一八六九）の〈和歌三十一首〉がある（宜野湾親方朝保五首、宜野湾里親雲上朝宏四首、富川盛奎十七首、普天間親雲上助蔵十首、護得久按司朝置二首、村山里親雲上盛升一首、豊村親雲上朝勅二首、上里親雲上盛恕三首、仲尾次筑登之憲詮三首、大宜味里親雲上朝直二首）。および「宜野湾朝保歌集」〈和歌二五五首〉がある。

一八五四　『都洲集』（八田知紀編）成る。
　＊〈琉球人和歌五首〉を所収する。
一八五九　『小門の汐干』（八田知紀編）成る。
　＊琉球人和歌二十四首所収（豊見城朝尊四首、渡久山政順五首、渡久山政規二首、登川安祥一首、宜湾朝保五首、宜野湾朝宏六首、富川盛奎一首）。
一八七〇　『沖縄集』（別名沖縄三十六歌仙）成る。
　＊宜湾朝保（一八二三－一八七六）の編。三十六首の和歌が春夏秋冬・恋・雑で構成。八田知紀の序文、樺山資雄の跋文。
一八七六　『沖縄集二編』（宜湾朝保編）成る。
　＊一〇九人の歌人の総数九六七首を収録し、春夏秋冬・恋・雑で構成。朝保自序、税所敦子序文、渡忠秋の跋文。
一八七八　『琉球大歌集』（小橋川朝昇編）成る。〔琉歌〕
一八九〇　『松風集』（護得久朝置編）成る。
　＊宜湾朝保の私家集。和歌総数七二二首。春夏秋冬・恋・雑で構成。
一八九五　『古今琉歌集』（小那覇朝親）成る。〔琉歌〕

一九〇九　草稿本『琉歌大観』（真境名安興・護得久朝惟・昇曙夢・東恩納寛惇・伊波普猷編）成る。〔琉歌〕

年次不明　『浮縄雅文集』（蕉雨亭の署名）
＊「雨夜物語」「那覇の入江の名所づくし」「糸満里之子をいためることば」など二十九編の雅文および〈和歌一二一首〉を含む。

参考資料Ⅱ 『沖縄集』

＊明治三年（一八七〇）刊。宜湾朝保編。なお、句読点および濁点を添え、歌人名の下の（ ）内には生没年を付記した。

琉球の国人は、天孫氏の時より、我敷島のやまとだねなることは、今に神代の古言共のゝこれるにてしられ、はた為朝ぬしの再興し給ひしことも、世にかくれなきを、国のならはし、上も下も、ふるき掟を守り、もとをつとめてすゐにはしらず、いまはひとり礼儀の国と八洲のほかにたゝへられ、かつ常にみやびを好みて、月花の上にこゝろをあそばしむるひとも出来て、おほかた二百とせ此かた、その名聞ゆる、すくなからず。いまの三司官宜野湾朝保ぬしは、殊にその道ふかく立入りて、人の為さへつとめいそしむあまりに、故人のことのはどもをあつめて、一巻とせられしが、おのづから三十六歌仙の数にあへるは、あやしくもいとめでたきわざになむ。さればそれにそふべき一言かつ外題までもと、こはるゝまに〱とりあへず沖縄集と名付て、よろこびのこゝろを、

わたつみのおきなは長くつたへ来て
いやさかゆかむやまとことの葉
かくものしつるは、明治三年九月笠沙のみさきなるたびやどりになむ。

七十二叟
八田知紀

立春　　　　　　　　　朝祥　宜野湾王子　（一七六五－一八二七）
1　老松のしばしは雪にうづもれて　みどりいろそふ春はきにけり
朝鶯　　　　　　　　　政樹　古堅親雲上　（？）
2　梅の花まだ匂はねど鶯の　けさのはつ音に春はきにけり
梅　　　　　　　　　　朝憲　読谷山王子　（一七四五－一八一一）
3　玉だれのをすのひまもる春風に　さかぬ軒ばも梅が香ぞする
窓前梅　　　　　　　　朝恒　小禄按司　（一七九〇－一八三五）
4　まつ人を夢にもがなとおもひねの　まくらにかよふ窓のうめがゝ

5
柳　朝英　読谷山王子（一七六七－一八一六）
春くればみどりのいとをくりかけて　なびく柳の陰ぞのどけき

6
帰雁　盛昌　豊見城親雲上（？）
咲花にこゝろをとめよ春のかり　かへるこしぢのちぎりありとも

7
旧宅花残　朝熹　浦添王子（一八〇五－一八五四）
すみすてしぬしはいくよの春ごとに　あはれさくらのたれをまつらむ

8
春駒　朝平　伊江按司（一七九三－一八三五）
萌わたる草のいとにやつながれて　たちどはなれぬ野辺の春駒

9
里山吹　朝祥　伊江按司（？）
誰がさとゝわかずもあれど立よりて　さく山ぶきの花を手をらん

10
隣家藤　朝顕　義村王子（一八〇五－一八三六）
おのづからはるはへだてぬ中垣を　こえてかゝれる藤波の花

11
夕卯花　賀郁　糸洲親雲上（？）
暮わたるまがきもたわに咲そひて　月になしたる庭の卯花

葵

12 としごとのみあれのけふにあふひ草　かけてぞたのむ末の千とせを　政順　玻名城親雲上　（一七八四―一八六〇）

聞荻

13 小夜ふかくねやの板戸におとづれて　まくらとひくる荻の上風　朝建　奥間親方　（？）

嶺月

14 小倉山みねの秋風吹くからに　月のひかりぞ空にすみゆく　安祥　摩文仁親雲上　（一七七九―一八一三）

卯月の十日あまりよし野にまかりて

15 しげり行おなじ青葉の陰ながら　桜がもとにたちやよらまし　盛命　識名親方　（一六五一―一七一五）

五月雨

16 月をこひ照日をしたひ明暮に　こゝろもはれぬさみだれの頃　盛郁　世名城親雲上　（？）

もろこしにて九月十三夜の月を見て

17 もろこしにみてもさやけし日本の　名たかき秋の月のひかりは　朝孝　山川親方　（一七二〇―一七九〇頃）

菊

18 斧の柄のくちしは夢のむかしにて　うつゝに匂ふしら菊の花　朝救　本部按司　（一七四一―一八一四）

月下擣衣　　　　　　　　　　良矩　与那原親方　（一七一八―一七九七）

19 うつおとのたえ〳〵なるは小夜衣　月にねられぬすさみなるらし

木村法橋より浦添親方に高尾の紅葉とて

おくられしを見て　　　　　　　　朝衛　東風平親方　（一七〇一―一七六八）

20 名にきゝてしのぶたかをのもみぢ葉を　いま手にとりて君ぞ見せたる

山時雨　　　　　　　　　　安祥　太工迫親雲上　（一七九一―一八五一）

21 朝な〳〵むかふ外山をかきくらし　しぐれふりくるおとのさびしさ

落葉　　　　　　　　　　盛政　豊見城親雲上　（?）

22 かれのこる秋のちぐさも埋れて　にしきのみしく庭のもみぢ葉

篠上霜　　　　　　　　　　良恭　内間親方　（?）

23 冬がれの庭にのこれる篠竹の　するゑ葉にむすぶ霜のさやけさ

千鳥　　　　　　　　　　朝英　野村親方　（?）

24 友ちどりなみのよるべに立ゐして　妻こひわぶる声の悲しさ

雪　　　　　　　　　　幸博　具志親雲上　（?）

25 晴間なくふる日つもりてこんとしの　豊なるをや雪の見すらむ

26
旅宿歳暮　朝斎　国頭親方　（一六八六－一七四七）
たびごろもいそぐ道にもしたふかな　さすがにとしのくるゝわかれは

27
恋の歌よみける中に　朝敏　平敷屋親雲上　（一七〇〇－一七三四）
しばしともいはぬはつらきいろながら　またかへり見る山ぶきのはな

28
寄虫恋　盛元　伊舎堂　親方　（一七七六－一八四二）
よひ〳〵にたれまつむしの床近く　おなしあはれに音をたてゝなく

29
寄舟恋　政規　渡久山親雲上　（一八〇六－一八五七）
ちぎりおくかひもなきさのすて小舟　よるべさだめぬ恋もするかな

30
山家　宗政　山口親雲上　（？）
のがれきてわがすむ山の柴の戸に　猶うきものかみねの松風

31
寄露無常　忠義　惣慶親雲上　（一六八六－一七四九）
はかなくもおなじ露なる身をもちて　草葉のうへをよそに見るかな

32
定水和尚の庵室を訪て　栢堂　和尚　（一六五三－？）
夏ながら草のはごとに露おきて　野中のいほぞすゞしかりける

33 竜洞寺にて心海上人をおもひやりて　賢孫　安仁屋親雲上（一六七三?-一七四一）
末の世にくみてしるべき人もなし　こゝろのうみのふかきみのりを

34 慶隆が十三回忌の追善に　真忍　石嶺親雲上（一六七八-一七二七）
おもひいづるそのことのはの数々に　しのぶなみだの露ぞしぐるゝ

35 北京を立出るとて　安憲　池城親方（一六三五-一六九五）
誰も見よこれぞまことのからにしき　きたのみやこをたちいづる袖

36 庭上鶴　盛富　山内親雲上（一七九四-一八六〇）
松竹のさかゆく庭になくたづの　こゑやちとせのちぎりなるらむ

沖縄に歌よみ文かく人々の多かるは、久しき世よりの事にて、よめる歌、あらはしたる文どもを見るに、伊勢源氏の物がたりさへうまく味ひて、心にくきまでおぼゆるも見ゆめり。今に至りてはいよ〳〵ひらけ、方角山の奥をたづね、紀の川、水を汲人おほくなん成る計に、こゝに宜野湾朝保ぬし、此道に深く立入り玉へる余り、二百年このかた散残れる人々の言の葉のあらしの風にむなしくさそはれん事をゝしみて、をちこちひろひ集め、青柳の糸縄、はまさきのかづら長く伝へんとて、かく一巻となされしは、いともめでたくたのもしき心ばへならずや。かくて立かへりよみ人を数へ見るに、かの三十六歌仙にゆくりなく符合せるもくすしくこそ。

庚子九月

樺山資雄

近世歌謡の絵画資料

小野　恭靖

小野　恭靖（おの　みつやす）　昭和三三年（一九五八）生まれ
大阪教育大学助教授
主な論著　『中世歌謡の文学的研究』（笠間書院、一九九六）
『近世歌謡の諸相と環境』（笠間書院、一九九九）
『歌謡文学を学ぶ人のために』（世界思想社、一九九九）
『ことば遊びの文学史』（新典社、一九九九）

はじめに

近世歌謡研究上、今日もっとも注目される資料として絵画群が挙げられよう。その中には歌謡詞章（以下、歌詞という）に直接かかわるものと、かかわらないものとがある。ここでは歌詞を直接的に伝える資料としての絵画に絞って考察する。歌詞を記し留める絵画資料は種類ごとにいくつかの群を構成していると言ってよい。次に、それらを時代的展開にしたがって簡単に分類する。

まず第一に、一般に描かれた絵画の画賛として歌謡が書き入れられる場合がある。早くは半井《なからい》卜養《ぼくよう》の狂歌画巻に書き入れられた画賛の歌謡が挙げられる。その後の資料としては、近世初期風俗画をはじめ寛文美人図、太夫図等の風俗画の画賛や、白隠慧鶴《はくいんえかく》・仙厓義梵《せんがいぎぼん》の禅画（禅機画のみではなく戯画も含む）に見える画賛中の歌謡がこれに該当する。

第二に、歌謡の行われる場それ自体が絵画化の対象となり、歌詞を併せて収録する資料群がある。例えば、元禄年間成立の数種の風流踊図がこれに当たる。それらは種々の風流踊の様子を描き、画賛として踊歌の歌詞を書き入れた絵画資料である。

第三に、歌謡集中の挿絵として、ある特定一首の歌謡に相応しい絵が描かれ、その画賛の形で歌詞が置かれる場合がある。すなわち、その画賛は歌謡集の一首が記されていることになる。例えば、近世民謡集『絵本倭詩経《えほんやまとしきょう》』（明和八年〈一七七一〉刊）や『潮来絶句《いたこぜっく》』（享和二年〈一八〇二〉刊、『潮来絶句集』とも呼ばれる）は本文頁の各葉すべてに挿絵があり、画賛として歌謡が書き入れられる。同じ近世民謡集『山家鳥虫歌《さんかちょうちゅうか》』（明和九年〈一七七二〉刊）所収の挿絵六葉にも各一首、都合六首の歌謡が書き入れられている。また、江戸期の伝承童謡の集成『幼稚遊昔雛形《おさなあそびむかしひながた》』（天保十五年〈一八四四〉刊）も各葉に絵と歌謡が収録される。これら挿絵の歌謡の例はここに示したように、特に近世民謡集や近世童謡集に多い。

第四に、歌詞を絵画によってわかりやすく伝える資料群がある。〝おもちゃ絵〟と称された幕末から明治時代初期にかけての一枚摺の錦絵資料群がこれに属する。それらの多くは、歌詞に基づいて細かく区切られたコマ毎に、彩色摺りの絵が描かれる。

筆者は近年このような近世歌謡にかかわる絵画資料に注目し、第一・第三・第四の資料群については、部分的な紹介や言及を重ねてきた。（注一）しかし、従来の拙稿においては以上のような体系的な分類のもとで資料を整理する機会がなかった。本稿ではそれらの分類のもとに、いまだ言及していない代表的な絵画資料を紹介する。具体的には第一の資料群から未紹介近世初期風俗画、太夫図、禅画の各画賛の例を、また第三の資料群から『潮来絶句』を、第四の資料群からは〝おもちゃ絵〟に属する絵画資料を、それぞれ取りあげたい。

一　近世初期風俗画画賛

昭和四十九年（一九七四）一月四日から十日にかけて、反町弘文荘主宰で開催された「古書逸品展示大即売会」（会場・日本橋三越）には、画賛に歌謡を書き入れた注目すべき近世初期風俗画四点が出品された。同会目録では「初期肉筆　小歌浮世絵」と銘打ち、画賛の冒頭部分から「宇治のさらしに」「野菊しら菊」「旅で憂いもの」「風もふかぬに」と区別して掲載している。本稿ではそれらを便宜的に「宇治川図」「野菊図」「羇旅図」「かぶろ図」と呼ぶことにする。また、翌昭和五十年（一九七五）一月四日から九日にかけて開催された同会にも、画賛冒頭を「見ても見ても」（「吉野桜図」と呼ぶ）とする同類の近世初期風俗画一点が、さらに翌昭和五十一年（一九七六）一月四日から八日に開かれた同会には二年前の四点のうち、「羇旅図」「かぶろ図」の二点が再度出品された。また、「かぶろ図」はさらに平成九年度『古典籍下見展観大入札会目録』（東京古典会主催）の一二三八番にも写真入りで掲載された。以上を整理すれば、合計五点の小歌画賛入りの近世初期風俗画が出品されたことになる。これら五点のうち、「吉野桜図」については拙稿「近世歌謡資料一考察―絵画資料の紹介、並びに位置付けを中心に―」（『学大国文』第三七号〈平成六年一月〉／小著『近世歌謡の諸相と環境』〈平成十一年・笠間書院〉第一章第一節）、「かぶろ図」については『近世歌謡の諸相と環境』第一章第一節の中で紹介した。そこではこれら二点の絵画を、画賛の歌謡から推定して、寛文・延宝年間（一六六一〜一六八一）頃に描かれたものとした。本稿では同時期の風俗画と考えられる未紹介の「宇治川図」「野菊図」「羇旅図」の三点を取りあげて紹介したい。

①「宇治川図」画賛

「宇治川図」は昭和四十九年（一九七四）の「古書逸品展示大即売会」目録に二二六五番として写真入りで掲載された（図1）。その画賛は「うちのさらしに、しまにすさきに、たつなみをつけて、はまちとりの、ともよふところに、しまさきより、ろのおとか」と書き入れられる。これに漢字を当て、清濁を区別すれば、すなわち「宇治の晒に、島に洲崎に、立つ波を付けて、浜千鳥の、友呼ぶところに、島崎より、艫の音が」となる。この画賛は、著名な鷺流の狂言小舞謡「宇治の瀑（晒）」の歌詞の一部に相当する。小舞謡「宇治の瀑（晒）」は鷺保教本によれば、「宇治ノ瀑《さらし》ニ島ニ洲崎ニ立波ヲ付テ、浜千鳥ノ友呼ブ声ハ、チリチリヤチリチリ、チイリチリヤチリチリト友呼ブ所ニ、島陰ヨリモ艫ノ音ガ、カラリコロリカラリコロリト、漕出イテ釣スル所ニ、釣ッ夕所ガ、ハア、面白イトノ」という長編の歌謡である。すなわち、この画賛は小舞謡の冒頭から途中までを、少し省略した歌詞で収録することになる。おそらく、狂言小舞謡の歌謡を出自として、当時巷間に流行していた一首であろう。『松の葉』第三巻・騒ぎ歌のうち「舟歌」に「……ちり〱やちり〱〱とも、渚に友呼ぶはんまちん〱千鳥が寄せ来る〱、こん〱〱小波に揺られて揉まれて、たんどりちんどり、しどろもんどり跳ねられた……」とあり、一首中の擬声（音）語が当時の人々に愛好され、騒ぎ歌としても行われたことを示している。この画賛の歌謡それ自体では流行時期を推定することは困難であるが、風俗画としての成立時期から考えれば、おそらく寛文・延宝年間頃の歌謡であろう。そしてその一部が摂取されて、騒ぎ歌に再構成され、『松の葉』成立の元禄年間（一六八八〜一七〇四）頃まで流行したと考えられる。なお、この歌謡を摂取した狂

図1　宇治川図
（『古書逸品展示大即売会目録』より）

図2　野菊図
（『古書逸品展示大即売会目録』より）

歌に『豊蔵坊信海狂歌集』（延宝元年〈一六七三〉成立）398の「きておいてもいなふとおしやる衢足嶋にすざきに立名残おし」がある。

②「野菊図」画賛

「野菊図」（図2）には画賛として「のきくしらきく、いはまのつゝし、さまをみるめは、いとすゝき」、すなわち「野菊白菊、岩間の躑躅《つつじ》、様を見る目は、糸薄《いとすすき》」が書き入れられている。この歌謡は三・四／四・三／三・四／五の近世小唄調の歌形を採る。この絵も寛文・延宝年間頃に描かれた風俗画であろう。したがって、この歌謡も同時期の流行歌謡と考えてよいが、管見に及んだ範囲では具体的な出典は未詳である。「野菊」「白菊」「躑躅」「糸薄」と植物名を列挙しつつ、「様を見る目」を挿入して巧みな恋歌としている。「糸薄」は古く「隆達節歌謡《りゅうたつぶしかよう》（小歌）」に「な乱れそよの糸薄、いとど心の乱るるに」、「引かば靡けとよ糸薄、枯れ野になれば要らぬ憂き身を」（傍点筆者）とあり、恋歌において乱れて靡《なび》きやすい女心を象徴する植物であった。

③「羇旅図」画賛

「羇旅図」は画賛を「たひてういものは、山みちに、かさにこのはか、はら〱と、たにゝしかのこゑ、なくはかり」、すなわち「旅で憂いものは、山路に、笠に木の葉が、はらはらと、谷に鹿の声、鳴くばかり」とする。七（八）・五を一句とし、それを三回繰り返す三句形式の歌形を採る。これは今様形式を一句欠いた形となり、おそらく長編歌謡の一部に相当する歌詞であろう。この歌謡の出典は未詳であるが、この風俗画の成立年代から考えて、やはり寛文・延宝年間頃の流行歌謡の一節とみてよい。旅の孤独を、枯れ落ちた木の葉が笠に降り掛かる硬質な「はらはらと」という音と、谷間に響く鹿の鳴き声に集約する。すぐれて聴覚的な歌謡であるが、一人旅の中で聴覚のみ研ぎ澄まされる旅人の孤独がここに活写されている。

二　太夫図画賛

太夫図にはしばしば画賛として歌謡が書き入れられる。それらは花街（歌舞音曲の遊宴の町）での流行歌謡と考えられ、近世歌謡研究において無視することのできない資料となっている。ところが、これまで歌謡資料として採集されてきたのは、刊本である『ぬれほとけ』（寛文十一年〈一六七一〉刊）所収三十六首（片撥十八首、弄斎十八首）のみであった。それは同書中巻所収の、江戸吉原の太夫三十六人の絵の画賛としての歌謡である。

ところで、近時発行された古書売立目録『梅田だより』第一号（平成十年六月・中尾松泉堂書店）六九頁には、一一八番として「五太夫図」が掲載された。それは江戸時代初期に描かれた五人の太夫の絵（一人各一枚の五枚組）という。五人は「きんたゆう（金太夫）」「ふちえ（藤枝）」「せきしゆ（石州）」「花鳥」「かりう（花柳）」であるが、それらの絵には画賛が書き入れられている。いずれもそれぞれの太夫の源氏名を詠み込んだ、名寄せ風の和歌となっている。ここに見える画賛はあくまでも和歌であって歌謡ではないので、本稿で直接的に取りあげることはしないが、花街歌謡にも太夫の名寄せによる歌詞があり注目される。五人の中では、『淋敷座之慰《さびしきざのなぐさみ》』（延宝四年〈一六七六〉成立）所収「吉原太夫祭文」に「金太夫」「藤枝」の名が、同書「吉原紋尽しのたたき」には「藤枝」の名が、また『長歌古今集』（天和二年〈一六八二〉刊）所収「吉原美人揃」に「藤枝」「石州」の名が見えている。ここからすれば、五人の太夫は江戸吉原の太夫であったものと考えられる。

ところで、京都の花街であった島原の揚屋（いまの料亭）の饗宴の文化をいまに伝える機関に、角屋保存会がある。同会には何点かの絵画資料が所蔵されているが、その中に太夫が箏を弾く図「太夫弾琴図」と太夫が三味線を弾く「三味線をひく太夫図」の二幅がある。ここに描かれた二種の楽器は、その歌謡が組歌にもなった江戸時代を代表する当代きっての楽器であり、花街においても広く用いられた。以下にはこの二幅に書き入れられた歌謡を紹介する。

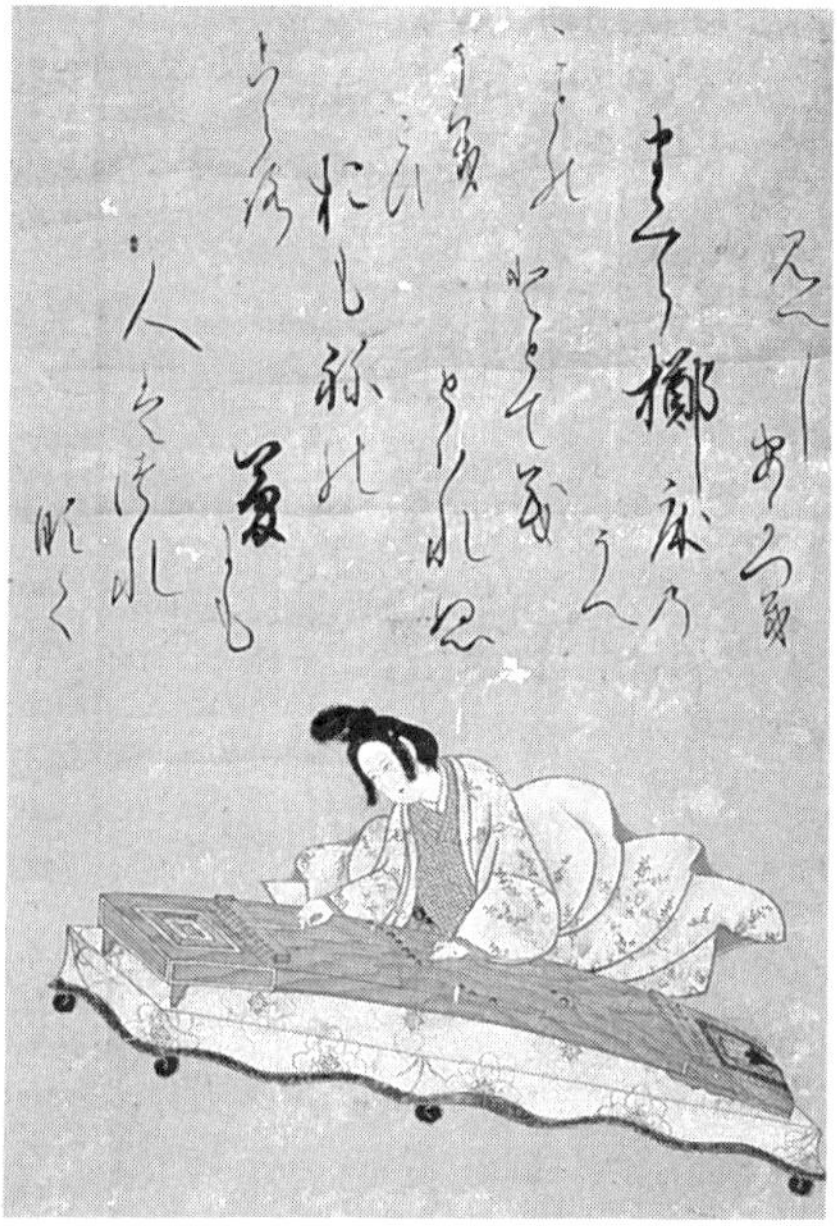

図3　太夫弾琴図
（角屋保存会蔵、『角屋名品図録』より）

①「太夫弾琴図」画賛

角屋保存会所蔵の太夫図に「太夫弾琴図」がある（図3）。縦三七・七糎×横二六・八糎の紙本著色の一幅である。画賛は散らし書きで「まくら擲し床のうへ、とてもとはれぬ、おもねの夢にも、人はつれなく、見へしあかつきことの、うきこひこゝろ」、すなわち「枕擲し床の上、とても訪はれぬ、おもねの夢にも、人はつれなく、見へし暁ごとの、憂き恋心」とある。これは出典未詳の歌謡である。恋人の訪れのない孤独と焦燥感を、寝床の枕を投げることによって表現する歌謡は、早く室町小歌に次のような例が散見する。

一夜来ねばとて、咎《とが》もなき枕を、縦な投げに、横な投げに、なよな枕よ、なよ枕

（『閑吟集』一七八番歌・狭義小歌）

一夜来ねばとて、咎もなき枕を、縦な投げに、横な投げに、なよな枕、憂なや枕

（『宗安小歌集』一〇八番歌）

悋気心か枕な投げそ、投げそ枕に咎はよもあらじ

（「隆達節歌謡（小歌）」）

また、近世の流行歌謡にも「君が来ぬにて、枕な投げそ、投げそ枕に、科《とが》もなや」（『吉原はやり小哥そうまくり』所収「替りぬめり歌」）、「……人はあだなや枕を恨む、投げそ枕に科もなや……」（『大幣』所収「手まくら」）、「……人はあらじな待つ宵に、枕な投げそ、なげそ枕に咎もなや」（『松の葉』巻二所収「手枕」）等がある。近世流行歌謡は室町小歌の抒情や表現を基盤に置くものが多いが、これも洗練度を増しているとはいえ、室町小歌の流れを汲む例と言える。この絵の成立時期については、角屋保存会発行の『角屋名品図録』（平成四年・角屋文芸社）が、「寛永年間末頃（一

六四〇年頃)」としている。これに従えば、この画賛の歌謡も寛永末年頃の花街での流行歌謡の書き留めであろう。

②「三味線をひく太夫図」画賛

角屋保存会には楽器を演奏する太夫図がもう一点所蔵されている。それは「三味線をひく太夫図」と称される一幅で(図4)、縦四二・八糎×横二七・二糎の大きさの紙本著色の画である。画賛には「須磨の関もりこゝろせよ、さやけき秋の月影に、人のなさけをくむ盃の、めくれは心もみたれみたるゝ、浪のよるく」、すなわち「須磨の関守心せよ、さやけき秋の月影に、人の情を汲む盃の、巡れば心も

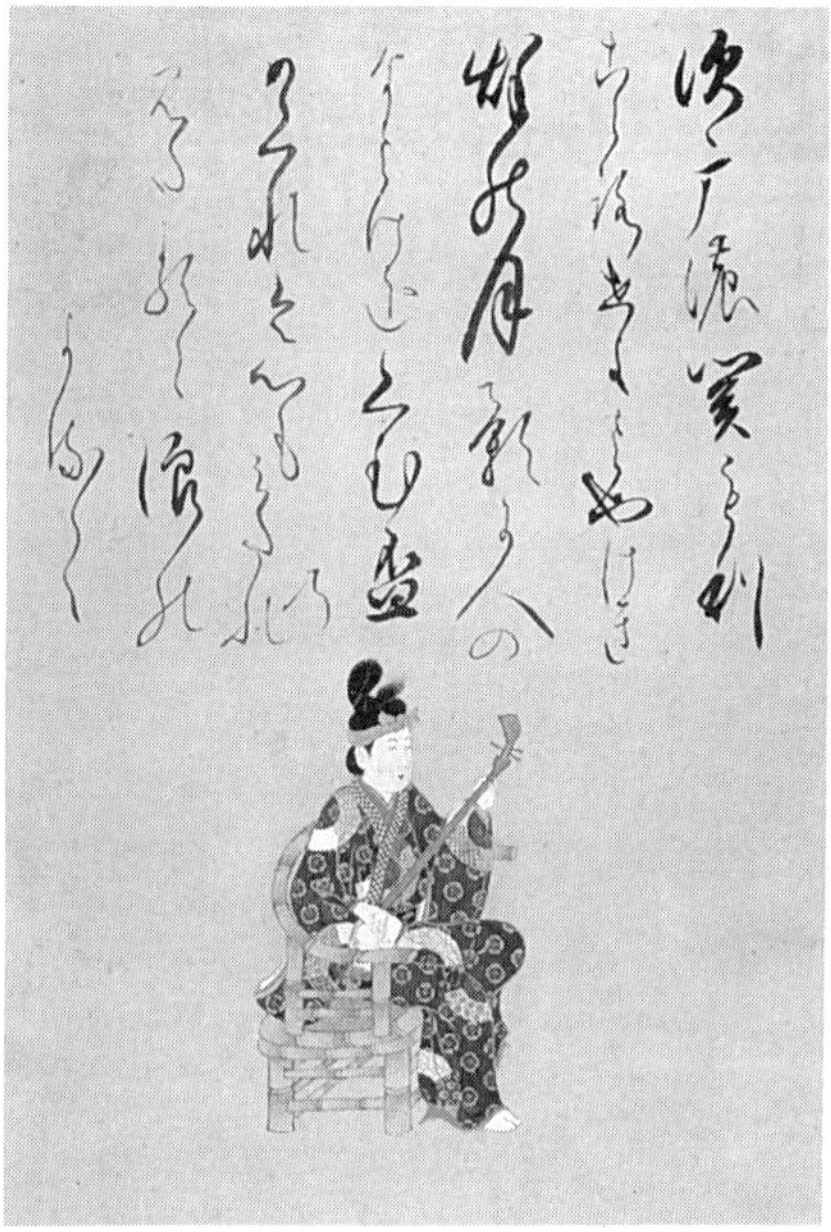

図4　三味線をひく太夫図
(角屋保存会蔵、『角屋名品図録』より)

乱れ乱るる、浪のよるよる」とある。これも出典未詳ではあるが、七音・五音を基調とした歌謡であることは疑いない。「月」の名所「須磨」(「澄む」の音の縁から)を舞台に、『閑吟集』以来の室町小歌に見られる常套句「浪(波)のよるよる」で結んでいる。室町小歌に基盤を置いた近世初期流行歌である。この絵の成立時期についても『角屋名品図録』が「寛永期半ばを下ることはない」とする。ここではひとまずこの見解に従い、画賛の歌謡も寛永年間頃の花街での流行歌謡と考えておきたい。

三　禅画画賛

禅画に書き入れられた画賛の中にも、歌謡と密接にかかわる例が多く見られる。これについても、白隠慧鶴と仙厓義梵の禅画の画賛の例について既に報告した。

ここでは白隠の後継と仰がれた遂翁元盧《すいおうげんろ》と東嶺円慈《とうれいえんじ》の禅画画賛を取りあげる。

①遂翁元盧「定上座接雪巌欽図」

永青文庫蔵の遂翁禅画に「定上座接雪巌欽図」がある(図5)。縦三一・〇糎×横四六・五糎の

図5　定上座接雪巌欽図
（永青文庫蔵、『墨美』100号より）

紙本墨書。この禅画自体はいわゆる禅機画として一般的なものであるが、星定元志《せいじようがんし》によって書き入れられたこの絵の画賛は他の類作と異なり、注目すべき内容を具えている。それは「茲に京橋大文字やのかぼちやとて、其名を市兵衛と申ます、せいがひくうても、ほんに猿眼、哦」とある。これとほぼ同じ画賛は、永青文庫蔵の白隠禅画の一点「大文字屋かぼちゃ図」にも見える。そちらには「大文字屋のかぼちやとて、其名は市兵衛と申します、せいはひきく（ママ）てほんに猿まなこ、よひわひなふ」とある。

この画賛をめぐっては、既に芳澤勝弘「白隠禅師仮名法語・余談（四）―「大文字屋かぼちゃ」のこと―」（『禅文化』第一六六号〈平成九年十月〉）の優れた考察がある。芳澤論文は多くの文献資料をもとに、〝大文字屋かぼちゃ〟と渾名された市兵衛について考証する。同論文によれば大文字屋は江戸新吉原京町の妓楼で、市兵衛はその初代の主人村田市兵衛のことであるという。(注2) かぼちゃとは市兵衛の容姿から付けられた渾名である。この市兵衛の容姿が歌謡に仕立てられて巷間に流行したらしい。狂歌作者であった手柄岡持《てがらのおかもち》の『後は昔物語』(享和三年〈一八〇三〉成立)には「大文字屋かぼちゃといふ唄は、流行甚しかりし、宝暦二申年と覚ゆ」と記される。したがって、この歌謡は白隠生存中の宝暦年間頃(宝暦二年〈一七五二〉に白隠は六十八歳であった)の江戸の一大流行歌であったことが知られるのである。なお、この歌詞は『近世商売尽狂歌合』(嘉永六年〈一八五三〉成立)の巻頭に当たる一番左にも、市兵衛の絵の画賛として見える。そこには「ここに京町大もんじやのかぼちやとて、その名は市兵衛と申ます、せいがひくゝてほんに猿まなこ、よいわゐな、〳〵」とあるが、他の文献を重ね合わせてみると、これがもっとも一般的な歌詞であったらしい。

　管見に入った資料によれば、この市兵衛を歌った歌謡には替え歌も行われたという。それは『人松島』(天明二年〈一七八二〉成立)所収「大文字屋市兵衛」の項に「……近き頃まで、大あたまの張抜たる手遊ありし、是を大かぼちやと言し。今は廃れてなし。其唱歌は画面の上に書けり。此外に替り文句多くあり。其内に、十二挑灯花紫の紐つけてかざりし玉屋の女郎しゆが恋の巣ごもり紋ナ鶴の丸、ヨイワイナ〳〵〳〵」とあるのによって知られる。すなわち、「十二挑灯……」で始まる替え歌が歌われたのである。大文字屋かぼちゃを歌った元歌の眼目は、白隠画賛末尾の「よひわひなふ」にあり、替え歌もそれを眼目としたことがわかる。最後に芳澤論文に取りあげられなかった『新文字絵づくし』（明和三年〈一七六六〉刊）のみを引用するに止める（図6）。それは「大もんじやのかぼちやよいわいなぶし」を文字絵に仕立てたもので、人物の科白に当たる画中詞に「ぜ《（ママ）》いはひきくて、さるおきやくがこよいもそうしまいじや」「江戸丁大さる京丁までも、かくれないぞへ」と見える。これは大文字屋かぼちゃの流行歌謡の歌詞を踏まえた科白となっているのである。

図6　文字絵大文字屋かぼちゃ図
（『新文字絵づくし』）
（臨川書店『新編稀書複製會叢書』第5巻より）

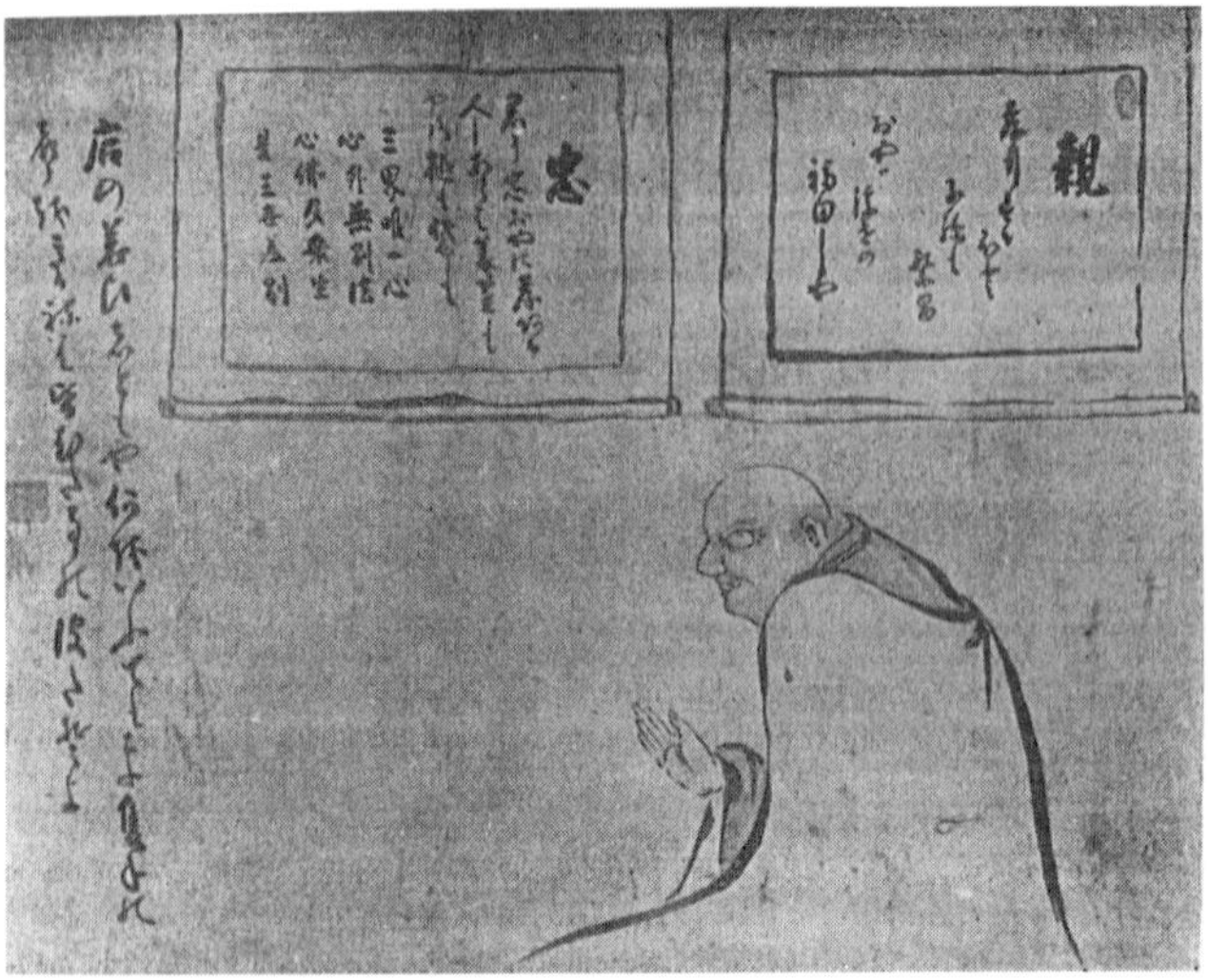

図7　白隠画像（個人蔵、『墨美』100号より）

②遂翁元盧「白隠画像」

田中旭氏旧蔵の遂翁禅画に師の白隠を描いた一幅がある（図7）。縦五〇・〇糎×横六三・一糎の絹本墨書。白隠の背景には彼が生前好んだ庶民教化の歌謡が、二幅の軸として掛けられている。その一幅は「親字幅」で、「親」という字を大書し、続けて「孝行するほど子孫も繁昌、おやは浮世の福田じや」という近世小唄調の歌謡を記す。またもう一幅は「忠字幅」で、「忠」字を大書し、続けて「君に忠おやに孝ある人しあらば、蓑笠もやろ槌も袋も」と記す。これは短歌体の歌謡であるが、やはり忠と孝を説く教訓性の強い内容を採る。この教訓性は白隠の創作歌謡のひとつの特徴であり、ここに見える二首の教訓歌謡も白隠の禅画や書幅に多くの類作を見ることができる。それが弟子遂翁の描く画の中にも見えることは、弟子から見た師白隠像を知らしめる点で重要であろう。

③遂翁元盧「斧図」

白隠の住した松蔭寺蔵の遂翁禅画に「斧図」がある（図8）。縦九八・五糎×横二八・四糎の紙本墨書。構図は斧を画面いっぱいに描くが、傍の画賛には「わがよきに人のわり木があらばこそ」と見える。これは著名な道歌の上句に相当する。本来はこの後に「人のわろきは我がわろきなり」と続く。この道歌は、『西明寺殿百首』、『多聞院日記』天文十年（一五四一）条、天正狂言本「木こり歌」、狂言「鬼争」、『かさぬ草紙』、『祇園物語』上巻、『悔草』下巻などに見える著名な一首である。ただし、これを歌謡と呼んでよいか否かについては疑問も残るが、少なくとも人口に膾炙した慣用句を

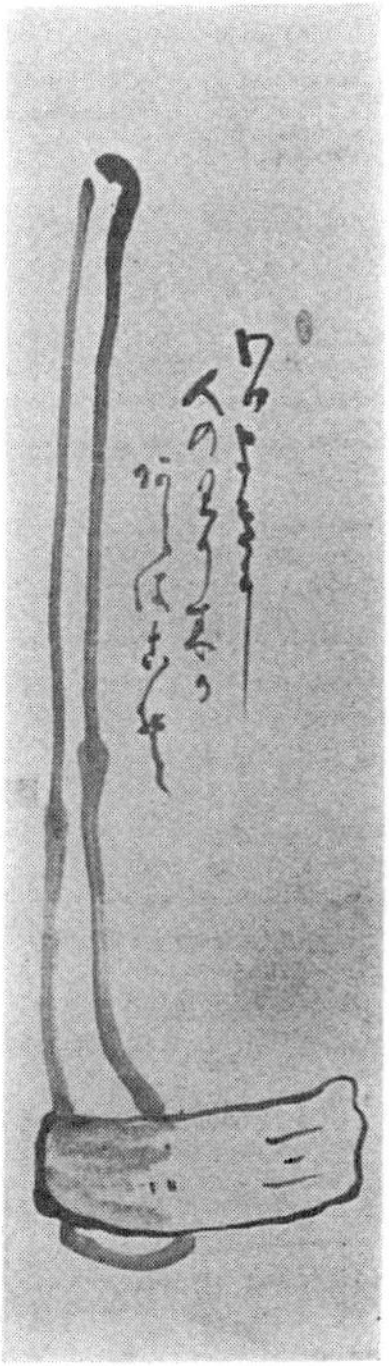

図8　斧図
（松蔭寺蔵、
『墨美』100号より）

書き入れたことは確実である。慣用句を画賛とした例は白隠や仙厓にも多く見られる。これもその一例として記憶されて然るべき画賛であろう。

④東嶺円慈「唐臼図」（「六祖図」）

白隠の「唐臼図」（「六祖図」）については既に拙稿「白隠慧鶴と近世歌謡（二）―白隠禅画の画賛にみる歌謡（下）―」（『禅文化』第一六九号〈平成十年七月〉／『近世歌謡の諸相と環境』第三章第九節）において述べた。白隠の法弟である東嶺円慈にも同じ題材の禅画がある。それは『墨美』第一〇〇号掲載の少林寺蔵一幅で、縦三六・五糎×横五八・〇糎である。そして、画賛も白隠のものをそのまま継承した「大津ならやに来たりやこそ、ふみもならたよからうすを」を書き入れる。この画賛については早く亀山卓郎『白隠禅師の画を読む』（昭和六十年・禅文化研究所）に歌謡との指摘がある。従うべきであろう。

四　『潮来絶句』

江戸時代後期の浮世絵師葛飾北斎（宝暦十年〈一七六〇〉～嘉永二年〈一八四九〉）の描いた数少な

い美人画集に『潮来絶句』と題されたものがある。その書は、富士《ふじ》唐麿《のからまろ》が江戸吉原仲の町にあった難波屋の芸妓らの歌う潮来節を聞き書きし、その歌謡と五言絶句とを併せて画賛とし、北斎に美人図を描かせた画集であった。享和二年（一八〇二）の上梓で、板元は蔦屋重三郎であったが、幕府からの咎めを受けて発禁処分となり、遂に絶版に至った。今日その完本を得ることは不可能とされている。近時、国立国会図書館蔵本が管見に入った。同本には三十一首が収録されている。ところで、潮来節には『潮来考』『潮来風』『笑本板古猫』という歌集があるが、この三十一首のうち十四首は共通歌と認められるものの、残る十七首は見られない。(注3) ここでは『潮来考』『潮来風』に見えない潮来節の歌謡十七首を紹介しておく。

ぬしはわしゆへ　わしやぬしゆゑに、人にうらみはないわいな
しばしあはねばすがたもかほも、かわるものかよこころまで
ゆふしごけんでうれしいけれど、なまじあしたのものおもひ
ふっとめがさめだきしめ見れば、ぬしとおもへばよぎのそで
ぐちがこうじてせなかとせなか、あけのからすがなかなをり
くるかくるかとゆふつげどりの、とぶをながめてしあんがほ
ひぐれひぐれにあなたのそらを、見てはおもはずそでしぼる

すそをとらへてこれきかしやんせ、じつじやまことじやうそじやない
あさなゆふなにまくらかはる、まくらかはらぬつまほしや
すこしやすまふとうたたねすれば、ぬしのゆめ見てまたふさぐ
ぬしをかへしたそのあと見れば、どちらむいてもよぎのそで
じつもまこともみないいつくし、まくらならべてかほとかほ
かはすまくらがものいふならば、わたしやはづかしとこののち
ひさにもたれてかほうちまもり、ものもいはずにめになみだ
ゐんとじせつをまてとはいへど、じせつどころかかたときも
わしがおもひとそらとぶとりは、どこのいづくにとまるやら
あふのうれしさわかれのつらさ、わたしやこころがぐちになる

これらはいずれも近世小唄調の歌謡である。潮来節の新出歌謡として注目されよう。

五　おもちゃ絵資料

江戸時代末期から明治時代初期にかけて、〝おもちゃ絵〟と呼ばれる子供向けの大判錦絵の摺り

物が多く出回った。その中には細かくコマに割った画面に、文とそれに対応する絵が描かれるものがある。ここではそれらを〝コマ絵〟と呼ぶことにする（〝コマ絵〟はこれとは別に明治末期以降の、雑誌中の小さな挿絵を呼ぶ場合がある）。コマ絵の中には冒頭のコマに表紙を、末尾のコマに裏表紙を摺ってある例も多い。ここからすれば、各段ごとに切り抜いて、繋ぎ合わせることによって、豆本に仕立てたことが知られる。そのコマ絵には歌謡を題材にしたものも多い。本稿では管見に入った資料のうち、歌謡にかかわる代表的なコマ絵を紹介しておく。

①ちんわんの歌謡

一枚摺のコマ絵の中でも何種類もの異版を持ち、多くの資料に恵まれるものに〝ちんわんの歌謡〟がある。筆者はこの歌謡資料に注目し、拙稿「判じ物と歌謡―「隆達節歌謡」を中心に―」（『大阪教育大学紀要（第Ⅰ部門）』第四三巻第一号〈平成六年九月〉／『「隆達節歌謡」の基礎的研究』〈平成九年・笠間書院〉第三章第一節）の中で取りあげた。その後、『近世歌謡の諸相と環境』（平成十一年・笠間書院）において六種（うち一種は替え歌）を指摘したが、その後さらに一種が管見に入った。本稿ではその新出資料を取りあげて紹介したい。

ちんわんの歌謡の新出資料は、中村光夫『よし藤　子ども浮世絵』（平成二年・富士出版）一二七

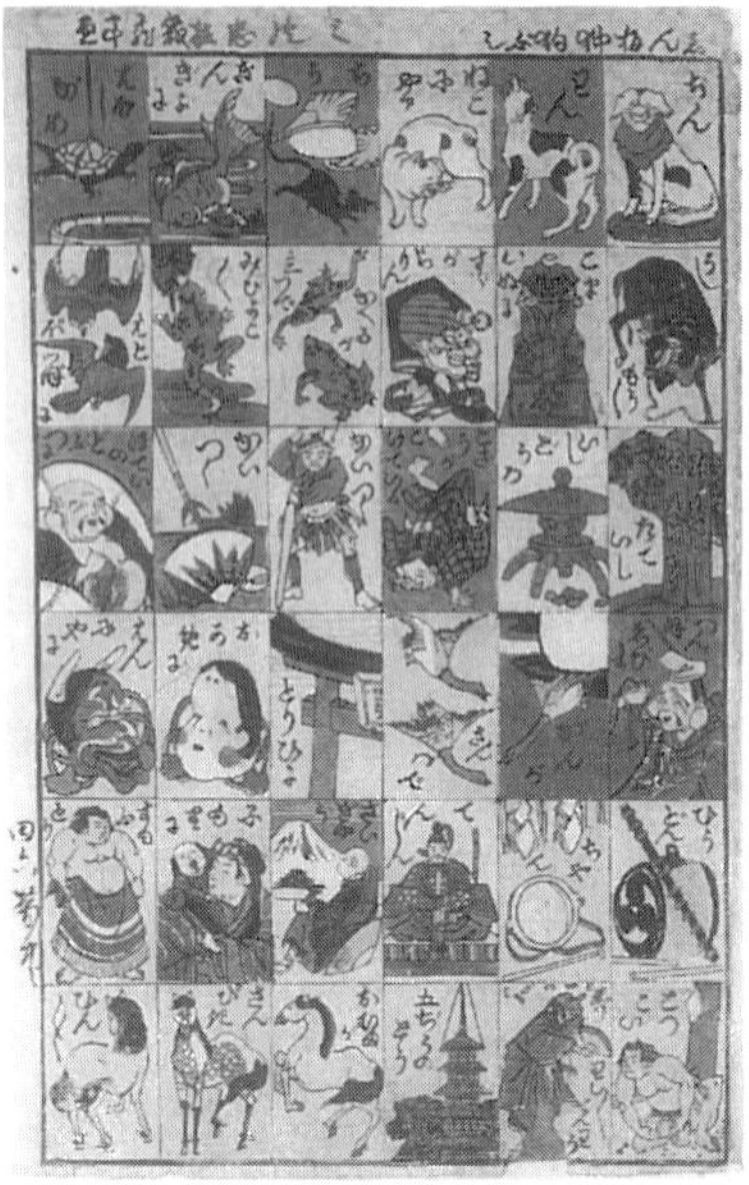

図9　しん板狆狗ぶし
（中村光夫『よし藤 子ども浮世絵』より）

頁掲載の一点である（図9）。頭部に「しん板狆狗ぶし　みの忠板幾飛亭画」とある。他のちんわんの歌謡と同様に、大判錦絵の一枚摺で、コマ絵となっている。この幾飛亭の絵は一段が横に六コマで、六段から構成される。すなわち、三十六コマの絵が描かれている。また、第一コマ目から歌謡本文が始まり、表紙や裏表紙に該当するコマはない。次に歌詞を掲出する。なお、翻字に際しては、各コマ毎に読点を付して示すこととする。

ちん、わん、ねこにやァ、ちう、きんぎよに、はなしがめ、うしもう〳〵、こまいぬに、すゞがらりん、かへるが三つで、みひよこ〳〵、はとぽつぽに、たていし、いしどうろ、こざうがこけている、かいつく、かいつく、ほていのどぶつに、つんぼゑびす、がんが、さんばで、とりひに、おかめに、はんにやに、ひうどん、ちやん、てんじん、さいぎやう、子も

りに、すもふとり、どっこい、わい〱てんわう、五ぢうのとう、おむまが、さんびき、ひん〱〱

これは比較的後代の歌詞であり、(注4)「かいつく」部分は後代の絵の特徴である櫓櫂を持つ海士と、貝を銛で突く様子で表現している。なお、『よし藤 子ども浮世絵』所収の作品解説八四頁にはちんわんの歌謡が、これらのおもちゃ絵資料と比較して部分的に省略された歌詞を伴って五線譜に起こされており、きわめて注目される。この歌謡が若干の歌詞の欠脱はあったものの、近年まで伝承されてきたことを物語っている。北原白秋が企画した伝承童謡の集成『日本伝承童謡集成』(昭和二十二〜二十五年・国民図書刊行会)には、東京の雑謡として「ちんわん猫にゃあちゅう、金魚に放し亀、牛もうもうに、狛犬に鈴がらりん、蛙が三つでみいひょこひょこ、鳩ぽっぽに建石、石燈籠、小僧がこけてる櫂つく櫂つく、布袋のどぶりに聾恵比寿、雁が三羽で、鳥居におかめに般若に、ひゅうどんちゃん、どっこいわいわい、天王五重の塔、お馬が三匹ひんひんひん」、また兵庫の雑謡(尻取り・早口歌)として「ちんわん、ねこにゃん、ちゅう、金魚にはなし紙、牛もうもう、狛犬に鈴が鳴る、金魚が三つで、みひょこひょこ、はと、くうくう」とそれぞれ小異で見える。明治時代までは関東、関西ともに伝承されていたことを裏付ける事実であろう。なお、『日本伝承童謡集成』にはこの歌はもう一ケ所、富山の手毬歌としても見えている。

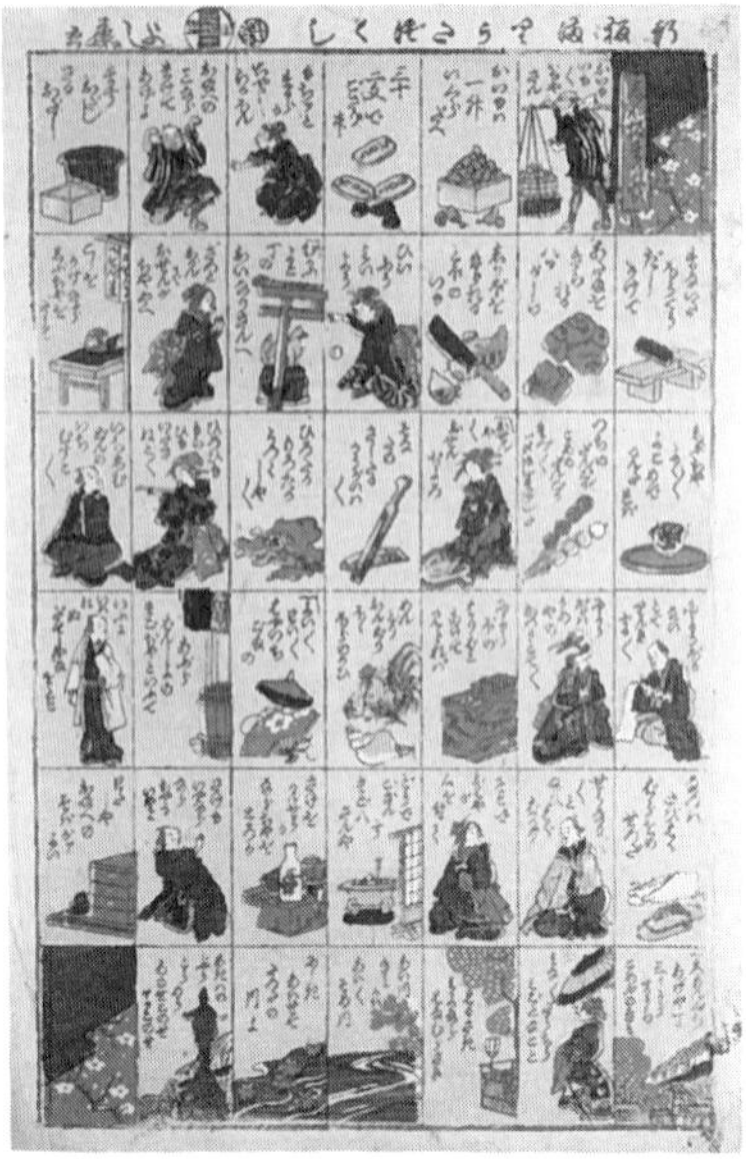

図10　新板まりうたづくし
（中村光夫『よし藤 子ども浮世絵』より）

②手毬歌関係資料

手毬歌にかかわるおもちゃ絵資料三点が管見に入った。それは『よし藤 子ども浮世絵』掲載の「新板まりうたづくし」（歌川芳藤画、明治三年〈一八七〇〉、文正堂板）、同「しん板手まり唄」（歌川芳藤画、明治初期、丸鉄板）の二点と『江戸明治おもちゃ絵』（昭和五十一年・アドファイブ東京文庫）掲載の「新版まりうた」（春暁画、明治初期、板元未詳）である。歌川芳藤は本名西村藤太郎。おもちゃ絵をよくし、〝おもちゃ芳藤〟とまで綽名されたこの道の第一人者であった。

まず、「新板まりうたづくし」は一段七コマ、六段からなるコマ絵である（図10）。冒頭に表紙、末尾に裏表紙のコマがあるので、歌詞は四十コマとなる。これは後述する「新版まりうた」とまったく同じ形式ということになる。次に各コマ毎に読点を付して、歌詞を示すこととする。

〽おいもいも〳〵いもやさん、おいもは一升いくらだへ、三十二文でござります、もちッとまからかちやからかほん、おまへのことならまけてあげよ、ますおだしざるおだし、まないたほうてうだしかけて、あたまをきられる八ツがしら、しッぽをきられるとほのいも、ひいふうみいよう、＼むかふよこ丁のおいなりさんへ、ざつとおがんでおせんがちややへ、こしをかけたらしぶちやをだして、しぶちやよく〳〵よこめで見たれば、つちのだんごかこめのだんごかまづ〳〵一〆かしまァした、＼おせんや〳〵おせんぢよろ、そなたのさしたるかうがいは〳〵、ひろたかもろたかうつくしや〳〵、ひろひももらひもいたさねど〳〵、いちゑむどんのいちむすこ〳〵、にようぼがないとてりんきする〳〵、にようぼはかめやのおつるとて〳〵、にようぼのはりばこあけて見たれば、めんどりおんどりほゝほらのかひ、＼よい〳〵わい〳〵はやいちごまの、あぶらばんしよのまごぢやといふて、いふにいはれぬだてしやなをとこ、なつはたびはくばらをのせつだ、せうなり〳〵とぬひはぐばかり、そこでおはやが心を付て、どうでござんすまご八さんや、さけをかんせうかならちやをとろか、さけもいやならならちやもいやよ、わたしやおまへのそばがァよい、＼大もんぐちあげや丁三ィうらたかうらこめやのきみ、みな〳〵だうちうみごとなこと、はるさきみよならはなむらさき、あい川きよかはあい〳〵そめ川、にしきあはせてたつたの川よ、あきはのじやうとうめうあのせこのせヤッこのせここには／に続く部分を歌い出しとする、都合五首（曲）の短編の手毬歌が採集されていることになる。これらの類歌を『日本伝承童謡集成』で検索してみると、第一首目の「おいもいも〱いもやさん……」は福島・東京・静岡・長野の手毬歌、茨城の鬼遊びの歌（人あて鬼）に見える。なお、この歌は柳亭種彦の考証随筆『柳亭記』所収「芋の定価」の項に、天明・寛政年間（一七八一〜一八〇一）頃の手毬歌として紹介されている。

第二首目「むかふよこ丁のおいなりさんへ……」は、早く『大江戸てまり哥』（笠亭仙果の叢書『おし花』第十一編所収）や岡本昆石『流行《あづま》時代子供うた』（明治二十七年〈一八九四〉刊）にも江戸の手毬歌として見えるが、『日本伝承童謡集成』にも関東地方と長野・福井・広島の手毬歌に採集される。また、第三首目「おせんや〱おせんぢよろ……」は早く読本『童唄故実今物語』（宝暦十一年〈一七六一〉刊）にも見える手毬歌で、『熱田手毬歌』二一番歌としても収録される。『日本伝承童謡集成』には千葉・新潟の手毬歌として採集されている。

第四首目「よい〱わい〱はやいちごまの……」は『流行《あづま》時代子供うた』に採られ、『日本伝承童謡集成』でも東京・埼玉・栃木の手毬歌に見える。

第五首目「大もんぐちあげや丁……」は式亭三馬『浮世風呂』二編に手毬歌として組み込まれた他、『熱田手毬歌』二六番歌、『流行《あづま》時代子供うた』にも採集された。また、『日本伝承童謡集成』

には福島・東京・群馬の手毬歌として見えている。

以上から、このコマ絵の手毬歌は関東地方、就中江戸（東京）のものであることが判明する。

次に「しん板手まり唄」は一段八コマ、四段からなる（図11）。冒頭に表紙、末尾に裏表紙が位置しているので、歌詞を伴った絵のコマは三十コマとなる。次に各コマ毎に読点を付して、歌詞を示すこととする。

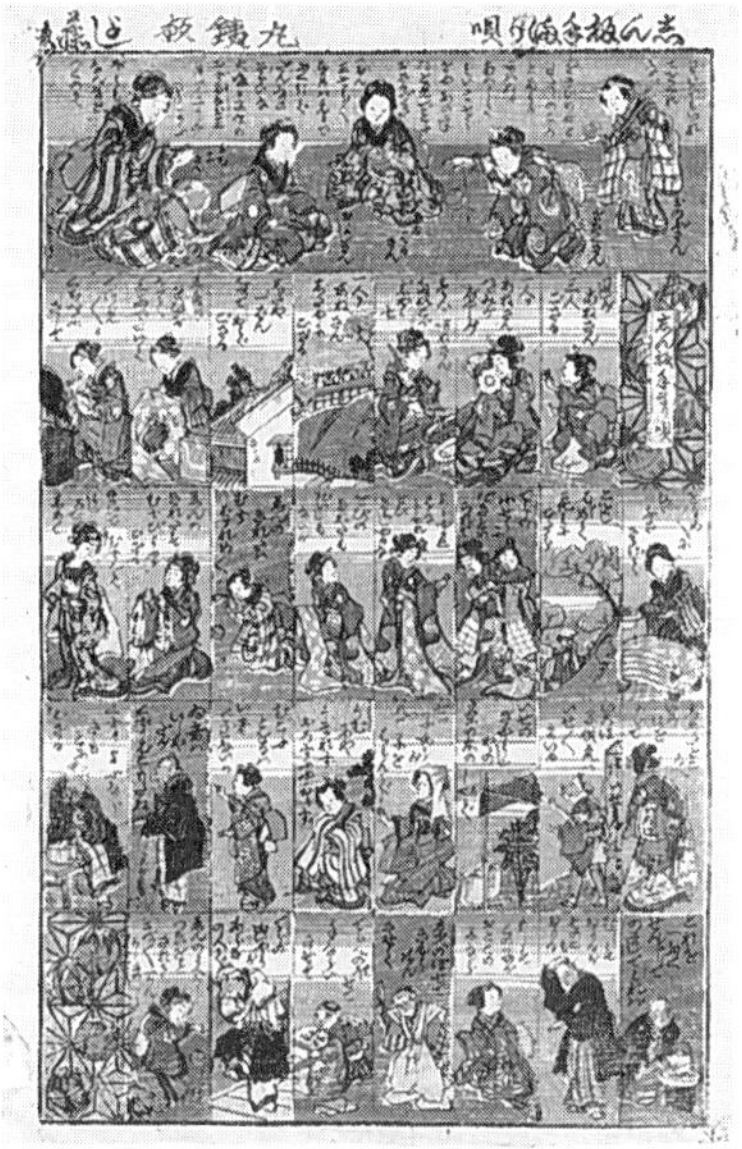

図11　しん板手まり唄
（中村光夫『よし藤 子ども浮世絵』より）

わしがあねさん三人ござる、一人りあねさんつゞみがじやうづ、壱人りあねさんたいこがじやうず、一人りあねさんしたやにござる、したや一ばんだてしやでござる、五両でをびおかって三両でくけて、くけめ〳〵にくちべにさして、をりめ〳〵になゝふさささげて、ことしはじめて花みにでたら、てらの小せうにだきとめられて、よしやれはなしやれをびきらしやるな、をびのきれたもだいじもないが、ゑんのきれたはむすばれぬ〳〵、ゑんのきれたもむすびよふがござる、まいでむすんでうしろでしめて、しめたところへいろはをかいて、いろは子供衆はいせ〳〵まいる、いせのぎやうじやの桑の木のしたで、七ッ子女郎が八ッ子をはらんで、うむにやうまれずおろすにやおりず、むこふとをるはい者でわないか、ゐ者はいしやだがくすりばこもたぬ、くすりよふならたもとにござる、これを一ふくせんじてのましてみれば、むしもおりるがそのこもおりる、もしもこの子がおとこの子なら、京へのぼせてきやうげんさせて、てらへのぼせて手ならいさせて、てらのおしやうがあらきの人で、ゑんのうへからつきをとされてまづ〳〵一かんかしました

ここに採集された歌謡の類歌は『日本伝承童謡集成』によれば、秋田・山形・福島・埼玉・島根の手毬歌に見える。東北地方から中国地方に至る、広い地域に流布した手毬歌であったものと考えられる。しかし、後半部分のみの歌詞としては、東京・栃木・茨城などで多数採集されており、やはり関東を中心に歌われたものであると考えてよい。芳藤の活躍場所からしても、「新板まりうたづくし」と同様に江戸の手毬歌から取材して描かれたおもちゃ絵であろう。

この「しん板手まり唄」に近似した歌詞でありながら、やや長い歌詞を伝える資料が「新版まりうた」である。それは一段七コマで六段からなるコマ絵で、表紙と裏表紙を除いて、歌詞は四

十コマ分に記されている。次に各コマ毎に読点を付して、歌詞を示すこととする。

大みそか〳〵大みそかのばんに、いちやげんのすけがかるたにまけた、まけた〳〵がいくらほどまけた、かねが三りやうに小そでが七つ、七つ〳〵は十四じやないか、おらがあねさん三人ござる、ひとりあねさんつゞみがじやうず、ひとりあねさんたいこがじやうず、いつちよいのはしたやにござる、したやいちばんだてしやでござる、五りやうでおびかふて三りやうでくけて、くけめ〳〵へくちべにさして、ぬいめ〳〵へ七ふささげて、ことしはじめてはなみにでたら、てらのこしやうに、だきとめられてよしやれはなしやれ、おびきらしやるな、おびのきれるはいとひはないが、ゑんきれたはむすばれぬ、まへでむすんで、うしろでしめて、しめたところへいろはとかいて、いろはこどもしゆいせ〳〵まいる、いせのぎやうじやのちやの木のしたで、七ツこぢよろが八ツごをうんで、うむにやうまれずおろすにやおりず、むかふとをるはゐしやではないか、ゐしやは〳〵だがくすりばこもたぬ、くすりようならたもとにござる、これを一ッぷくせんじてのましよ、むしもおりれば、このこもおりる、やがてこのこがおなごであらば、京へのぼしてきやうげんさせて、てらへのぼしてがくもんさせて、てらのおしやうがだうらくおしやうで、たかいゑんからつきおとされて、かまくらおとし、かうがいおとし、まず〳〵一ッかんかしましたここに見える手毬歌は『あづま流行時代子供うた』に収録されており、江戸で行われていた伝承童謡と知られる。『日本伝承童謡集成』には岩手と東京の手毬歌として見えるが、東京の歌詞により近接している。また、この手毬歌（「しん板手まり唄」「新版まりうた」所収の一首）の後半「……しめて、しめたところへいろはを（と）かいて」以下は前掲『大江戸てまり哥』一番歌の歌詞と共通しており、少なくとも江戸時代の末期には江戸の子供たちに愛唱されていた童謡であることが確認できる。

③伝承童謡関係資料

子どもが手毬歌以外の遊びの中で伝承してきた童謡にかかわる、錦絵一枚摺のおもちゃ絵資料も存在する。管見には二点が入った。ともに『よし藤 子ども浮世絵』掲載の「しん板子供哥づくし」（歌川芳藤原画、明治十六年〈一八八三〉、樋口板）と「新板子供哥尽」（歌川芳藤原画、明治十七年〈一八八四〉、樋口板）である。ともにコマ絵であるが、このうち後者は冒頭一コマ目の表紙に「子ども哥 上」とあるから、二枚以上で一具であったものと推定される。

まず「しん板子供哥づくし」は一段七コマ、六段から成る（図12）。表紙、裏表紙に相当するコマはない。すなわち、全四十二コマで途中五ケ所に「ハジメ」という表記があり、そこからそれぞれ独立した歌謡が始まるので、都合五首（曲）の伝承童謡を収録することになる。それら五首は今日まで伝承されてきたものが多い。次に各コマ毎に読点を付して、歌詞を示すこととする。

（ハジメ）ずい〳〵ずころばし、ごまみそで、からすべにおわれて、とッぴんしやん、ぬけたァらどんどこしよ、たわらのねづみが米くてちうチウ〳〵〳〵、（ハジメ）やんチヤんばかだからばかだちやうちんかいにやッたらば、そとぬけぢやうちんかッてきて、おッかさんにしかられて、おとッさんにどやされた、（ハジメ）かあごめかごめ、かごのなかのとりわ、ゐっ〳〵出やる、よあけのばんにつるつるつぺた、（ハジメ）せんぞやまんぞ、おふねはぎッちらこ、ぎち〳〵ごげば、ゑびすか大こくか、こちやふくのかァみよ、（ハジメ）のゝさんいくつ、十三七ツまだとしやわかいな、あの子おうんで、この子おうんで、だァれにだかしよ、おまんにだかしよ、

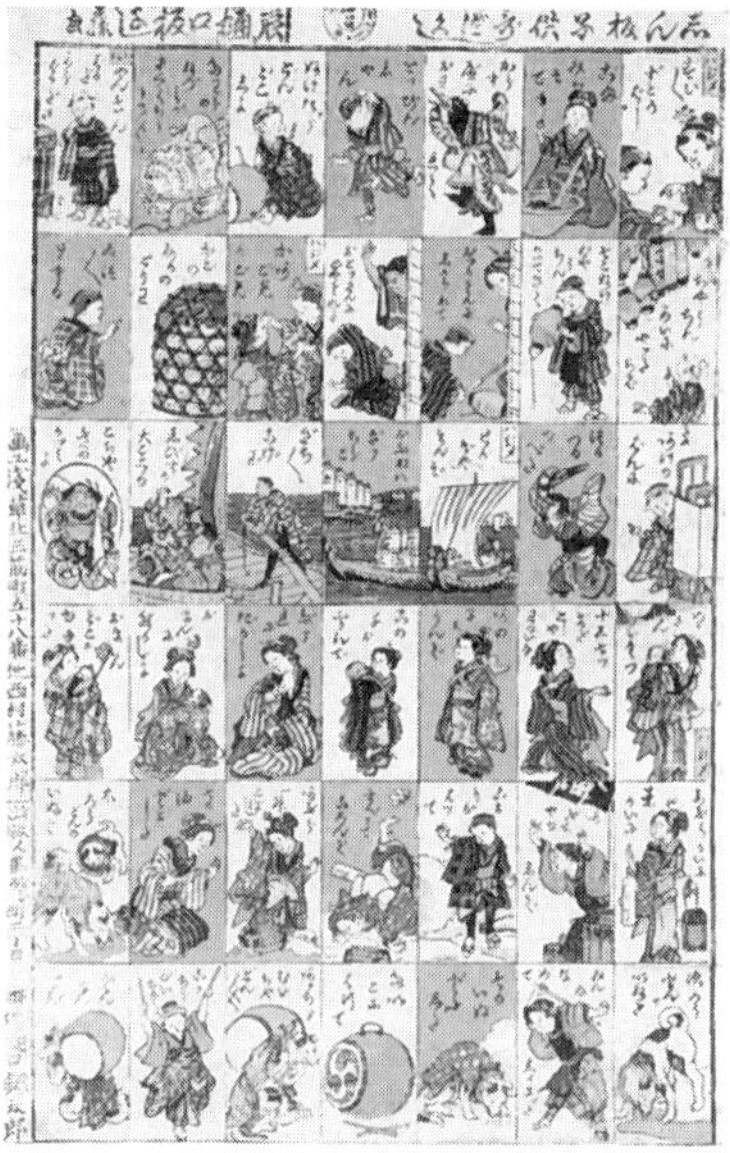

図12　しん板子供哥づくし
（中村光夫『よし藤 子ども浮世絵』より）

おまんどこエゆッた、あぶらかいに薬かいに、あぶらやのゐんで、こおりがはッて、すべッてころんで、あぶら一升こぼした、その油どおした、太ろうどんのいぬと、次ろうどんのいぬと、みんななめてしィまッた、そのいぬどふした、たいこにはつて、あッちらむいちやどん〳〵〳〵、こッちらむいちや、どんどんどん

第一首目「ずい〳〵ずころばし……」は、今日でももっとも人口に膾炙した伝承童謡の一首と言ってよい。このおもちゃ絵の中に採用された童謡の伝承地域及び性格を確認するために、『日本伝承童謡集成』を繙《ひもと》くと、この歌とほぼ同じ歌詞を持つ歌が関東地方の鬼遊び歌（鬼きめ歌）として見える。すなわち、鬼を伴う遊びの際に、鬼を決めるための童謡であったことが知られるのである。また同書には、長野・富山の手わざ指わざ唄としても採集されている。なお、『流行《あづま》時代子供うた』には「種々遊唄」にこの歌を収録するが、そこには「数人の子供各両手の握こぶしを並べ、中の一人指にて片端より拳の穴を突きながら云ふ」との説明が付されている。

第二首目「やんチヤんばかだからばかだ……」は冒頭の子供の名を臨機応変に置き換えて歌った。主に関東地方の雑謡で、「喧嘩のあとにうたう悪口」との説明が付された伝承童謡である。

第三首目「かあごめかごめ……」もきわめて著名な伝承童謡である。早く太田方（全斎）『諺苑《げんえん》』（寛政九年〈一七九七〉序）、行智『童謡古謡』（文政三年〈一八一〇〉頃成立、収録歌は行智幼年時代

の天明年間〈一七八一〜一七八九〉頃の伝承童謡）、万亭応賀『幼稚遊昔雛形』、『流行《あづま》時代子供うた』等に収録される。このうち、『幼稚遊昔雛形』には絵入りで遊び方が示されていて貴重である。『日本伝承童謡集成』にはやはり、関東地方・東海地方・北陸地方の鬼遊び歌（人あて鬼）、大阪の鬼遊び歌（輪遊び鬼）として見える。

第四首目「せんぞやまんぞ……」は『幼稚遊昔雛形』に「子をひざのうへゝのせて……こゞみたり、あをのいたりして、ふねのうごくやうに、からだをゆすつて、子をあやすなり」として、絵入りで掲載されている。また、『流行《あづま》時代子供うた』にもほぼ同様に見えている。『日本伝承童謡集成』には東京の雑謡（子をあやす歌）に見える。

第五首目「のゝさんいくつ……」は「お月様いくつ……」として知名度の高い歌である。早く『諺苑』、『童謡古謡』、『弄鳩秘抄《ろうきゆうひしよう》』（文政七年〈一八二四〉以前成立）、『幼稚遊昔雛形』や仙厓の禅画画賛に見え、江戸時代中期にまで溯ることのできる数少ない伝承童謡の一首でもある。『守貞《もりさだ》漫稿《まんこう》』（嘉永六年〈一八五三〉成立）には「月を観て小児及び小児かしづきの女の詞に」と記したあと、「京坂にては」として「お月様いくつ……」を、さらに「江戸にては」として「のゝさんいくつ……」を紹介する。これによれば、「のゝさんいくつ……」は江戸を中心にした歌詞であった可能性が高い。

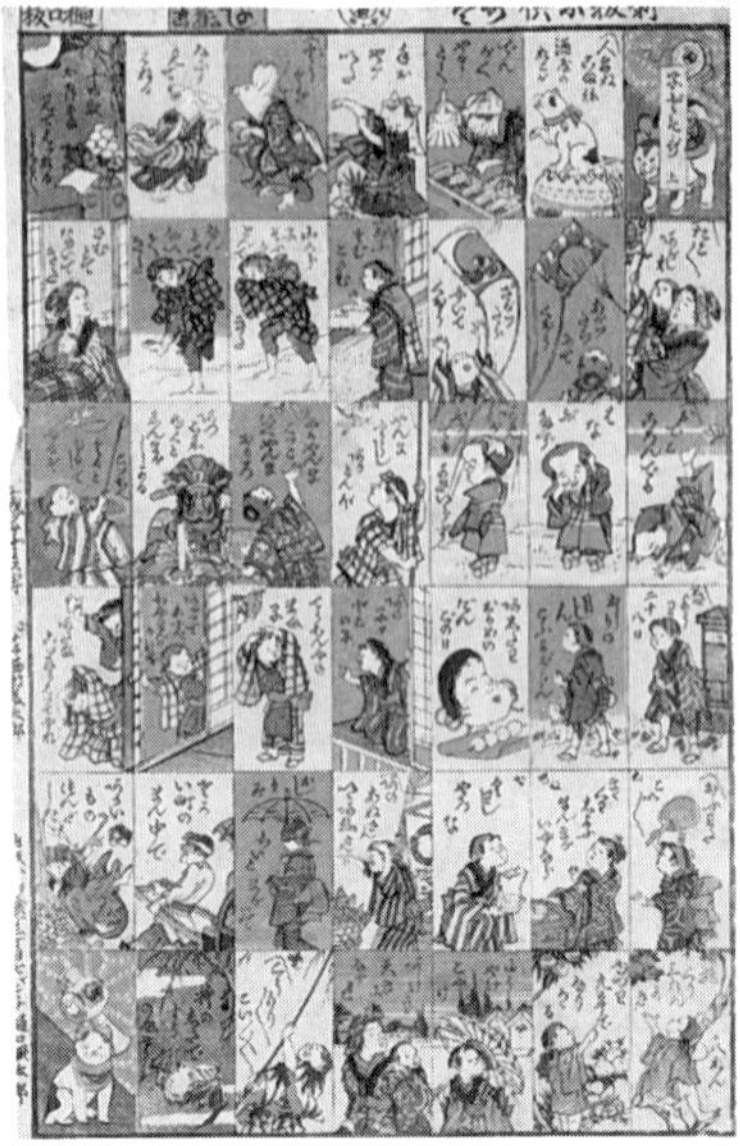

図13　新板子供哥尽
（中村光夫『よし藤 子ども浮世絵』より）

次に「新板子供哥尽」であるが、これは「しん板子供哥づくし」と同様、一段七コマ、六段から成る（図13）。ただし、冒頭に表紙、末尾に裏表紙に相当するコマが各一コマあるので、歌詞を記すコマは四十コマとなる。次に各コマ毎に読点を付して、歌詞を示すこととする。

＼人まねこまね酒屋のねこが、でんがくやくとて、手おやァいた、＼うさぎ〳〵、なにヲ見てはねる、十五夜お月さま見てはァねるヒヨイ〳〵、＼たこ〳〵あがれ、あがッたらにてくおう、さがッたらやいてくおう、＼おふさむこさむ、山から子ぞふがとんできた、なんとてないてきた、さむとてないてきた、＼おでこころんでも、はなぶたず、あめがふッてもかさいらず、＼やんまうぅしあかとんぼ、なかやんまはッこひくやんまおりろ、あっちゐゆくとゐんまがしかる、こッちへくるとゆるしてやるぞ、＼きようわ二十八日、おしりの用じんこふよおじん、あしたわおかめのだんごの日、＼あの子ァどこの子、てうちんやのまま子、あがッてあすべちやわんのかげで、あたまこッきりはッてやれ、＼おふわたこい〳〵まゝくわしよふまんまがいやなら、くわしやろな、＼あのあねさんいゝあねさん、おしりがちいとまがッて、さかい町のまん中で、あかいものつんだした、＼桃くり三ねんかき八ねん、ゆづは九年でなりかゝる、＼ゆうやけこやけ、あしたわ天きになァれ、＼こうもり〳〵こい〳〵、柳のしたですうのませう

この資料には十三首（曲）の伝承童謡が絵入りで書き留められており、きわめて貴重である。ここでもこれら十三首の童謡について、主として他の集成とのかかわりについて概説しておく。

第一首目「人まねこまね酒屋のねこが……」は『幼稚遊昔雛形』に「これは、なんでも人のまねをするものがあると、……ト、はやされます」として絵入りで収録される。『流行《あづま》時代子供うた』にも「己の真似をする人にいふ」とある。また、『日本伝承童謡集成』には東京と長野の雑謡として収録される。

第二首目「うさぎ〳〵……」は江戸期の伝承童謡を代表する一首である。早く『諺苑』『童謡古謡』『弄鳩秘抄』『幼稚遊昔雛形』『守貞謾稿』『流行《あづま》時代子供うた』等に収録される。また、『日本伝承童謡集成』には天体気象の歌、動物の歌として東北地方から関東地方、中部地方にまで広

がりを見せる。

第三首目「たこ〳〵あがれ……」は『流行《あづま》時代子供うた』に見えている。『日本伝承童謡集成』には天体気象の歌として山形で採集されている。

第四首目「おふさむこさむ……」は瀬田貞二『落穂ひろい』（昭和五十七年・福音館書店）上巻二〇九頁紹介の宗亭『阿保記録』（享和三年〈一八〇三〉序）に「大サムコサム山カラコゾウガナイテキタ」とあるのを初めとし、『童謡古謡』『幼稚遊昔雛形』『流行《あづま》時代子供うた』等に収録される。『日本伝承童謡集成』には天体気象の歌として関東から東海、関西にかけて採集されていたが、中でも関東地方各県では多くの採集例がある。もと、関東を中心に歌われていた童謡であろう。

第五首目「おでこころんでも……」は他に例を見ない珍しい童謡である。また、絵と相俟ってきわめてユーモラスである。転んだ子をはやしたてるからかい歌であろうか。

第六首目「やんまううしあかとんぼ……」は、大正八年（一九一九）に山中共古が編した「山の手の童謡」（雑誌『武蔵野』所収）に「蜻蛉をとらへるとき」との説明を付して掲載される。『日本伝承童謡集成』には東京の動物の歌の中に、やや省略された歌詞で見える。

第七首目「きようわ二十八日……」は『守貞謾稿』に「衆童各互に衣服の背裾をまくり揚んとす、各々まくられじと裾の背を股より前にかゝげ、帯の前に挟み、他の油断を伺ひまくらんとするの戯あり」としたあと、江戸の歌として掲載される。『日本伝承童謡集成』にも東京の雑謡（尻たくりの歌）として見え、「集まった幾人もが、各自の着物の裾をとり、股から前にくぐらして持ち、お尻のまくりっこをする遊戯にともなうもの」との説明が付されている。

第八首目「あの子ァどこの子……」は『流行《あづま》時代子供うた』に「揚端《あがりはな》に居る子供に云ふ」として採られる。『日本伝承童謡集成』には東京の雑謡の中の一首で「見知らぬ子の通るのを見て囃す」との説明が付けられている。

第九首目「おふわたこい〳〵……」は菊池貴一郎『府内《えど》絵本風俗往来』（明治三十八年・東陽堂）に「女子の遊び」で「大綿と呼べる虫を捕へるに」として紹介される。『日本伝承童謡集成』には東京の動物の歌として採集されている。

第十首目「あのあねさんいゝあねさん……」は『流行《あづま》時代子供うた』に「通り掛りの女子に云ふ」として採られる。また、前掲「山の手の童謡」にも「女が通るをからかつて」として類歌を掲載する。

第十一首目「桃くり三ねんかき八ねん……」は今日では童謡としてよりも、慣用句として人口に膾炙している。伝承童謡としては「山の手の童謡」に採集される。『日本伝承童謡集成』には各地に見えるが、東京の植物の歌の中にもっとも近接する歌詞が見えている。

第十二首目「ゆうやけこやけ……」も「山の手の童謡」に採集される。『日本伝承童謡集成』では天体気象の歌として東北地方から中国地方にかけて採集され、広がりを見せている。最後の第十三首目「こうもり〳〵こい〳〵……」は早く『諺苑』に「蝙蝠コーイ山椒クレョ、柳ノ下デ水ノマショ」という類歌が見える。『守貞謾稿』には「飛行の蝙蝠を見て江戸の男童が云諺」として収録する。ちなみに「京坂」は「かうもりこひ火いとらそ、落たら玉子の水のまそ」とある。

以上からこの「新板子供哥尽」所収十三首は、江戸（東京）を中心で行われた伝承童謡をもとに編集されたおもちゃ絵であることが推定できる。

④尻取り歌関係資料

子どもが伝承したことば遊び歌として、「牡丹に唐獅子……」で始まる著名な尻取り歌がある。これも歌川芳藤の画で、おもちゃ絵として慶応三年（一八六七）に文正堂から板行された（図14）。頭部にみえる題は「流行しりとりうた」である。一段八コマで六段、全四十八コマから成るコマ絵である。次に歌詞を掲出しておく（この資料も『よし藤 子ども浮世絵』に掲載されるが、作品解説の翻字には誤りが多い）。翻字に際しては、各コマ毎に読点を付して区切ることとする。

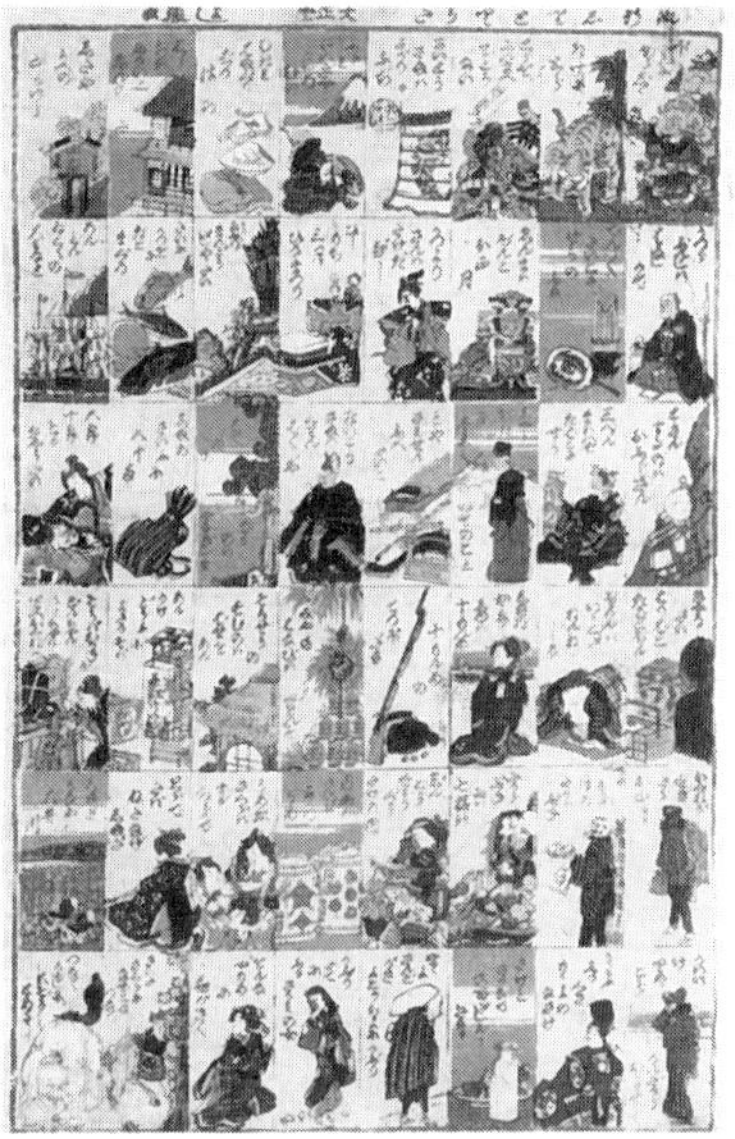

図14　流行しりとりうた
（中村光夫『よし藤 子ども浮世絵』より）

ぼたんにからじし、たけにとら、とらをふんまへわとうない、ないとうさまはさがりふぢ、ふじみさいぎやううしろむき、むきみはまぐりばかはしら、はしらはにかいとゐんのした、したやうへのゝ山かつら、かつらぶんじははなしかで、でん〳〵たいこにせうのふえ、ゐんまはぼんとお正月、かつよりさんはたけだびし、ひしもち三月ひなまつり、祭りまんどうだしやたい、たいにかつをにたこまぐろ、ろんどんゐこくの大みなと、とさんするのはおふじさん、三べんまはつてたばこにせう、しやうぢき正太夫いせのこと、ことやさみせんふへたいこ、たいこうさまはくわんぱくじや、じやのでるのはやなぎしま、しまのさいふに五十両、五郎十郎そがきやうだい、きやうだいはりばこたばこぼん、ぼんやはいゝこだねんねしな、しな川女郎しゆは十もんめ、十もんめのてつぽだま、たまやのはなびは大ぐわんそ、そうせうすむのはばせをあん、あんかけどうふによたかそば、そうばおかねがどんちゃんかァちゃん四文おくれ、おくれがすぎたらお正月、お正月のたからぶね、たからぶねには七福神、じんごうくわうぐうたけの内、内田はけんびしなゝつうめ、うめ松さくらはすがはらで、わらでたばねたなげしまだ、しまだかなやは大井川、かはいけりやこそかんだからかよふ、かよふふかくさもゝよのなさけ、さけとさかなで六百だしやァきまゝ、まゝよさんどがさよこゥちよにかぶり、かぶりたてにふるさがみの女、をんなやもめに花がさく、さいたさくらになぜこまつなぐ、つなぐかもじに大ぞうとめる。

この歌謡は小異で『あづま流行時代子供うた』に収録される。また、『日本伝承童謡集成』にも東京と神奈川の雑謡（尻取り歌）として採集されている。

⑤口説き音頭関係資料

口説き音頭は主として盆踊りで歌われる、長編の叙事的歌物語である。今日、民謡として分類されるが、かつては芸能者が語った語り物と考えられる。この口説き音頭にもおもちゃ絵が存在している。「しん板鈴木もんど白糸もんく」（歌川芳藤画、刊年未詳、板元未詳［求版］明治十四年〈一八八一〉、小林泰二郎板）が管見に入った（図15）。この資料もコマ絵で、一段八コマ、六段の全四十八コマから成る。表紙、裏表紙に相当するコマはない。次に歌詞を掲出しておく（この資料も

『よし藤 子ども浮世絵』に掲載されるが、翻字には誤りが多いので改めて掲出する）。翻字に際しては、前と同様に各コマ毎に読点を付して区切ることとする。

ところ四ツ谷のしん宿丁はおとにきこへしはしもとやとて、おしよく女郎の白糸こそわ年は十九で当せいすがた、あまたお客のあるその中にところ青山百人丁の、鈴木もんどゝゆうさむらいわ女ぼふもちにて子供が二たり、二タり子どもの有その中にけうもあすもと女郎かいばかり、見るにみかねて女房のお安ある日わがつまもんどに向、これさわがつまもんどふさまよわしが女ぼうでやくやくではないが、つゞや二十のみヂヤあるまいしやめて下され女郎かいばかり、金のなる木おもちやさんすまへ子供二人りとはたしがみおば、すへわどふしたもんどさんいへばもんどははらたちがおで、なんのこしやくな女のいけんおのが心でやまないものが女ぼぐらいの、ゐけんじややまぬぐち

図15 しん板鈴木もんど白糸もんく
（中村光夫『よし藤 子ども浮世絵』より）

なそちより女郎がかわいゝそれがいやなら、子供おつれてそちのおさとへ出てゆかしやんせあゐそづかしなもんどふ、さまよ又も出て行しんじく丁よあとでお安わ、くやしうないかしんでみせよとかくごはすれど五ッ三ッの、子にひかされてしぬにやしなれずなげいていれば五ッなる子がそばにとよりて、これさかゝさんなぜなかさんすきしよくわるくばおくすりあがれ、どこぞいたくわさすッてあげよぼうがなきますちゝくださんせ、いへばおやすわかおふりあげてどこもいたくてなくでわ、ないがあまりとゝさんみもちがわるくいけんいたせばてうちやくなさる、さてもざんねんおつとの心じがいしよおとかくごわすれど、あとにのこりしわれらがふびんどふせ女ぼのいけんじややまぬ、さらばこれより新宿丁の女郎衆たのんでゐけんお、しよと三ッになる子おせなかにおぶい五ッなる子お手お引ながら、いでゝ行のはしんじく丁のみせののれんにはし本やとて、それと見るよりこぢよくおよんでわしは此中の白糸さんに、どふぞあいたいあわしておくれアイトナ子ぢよくは二かいへあがり、これさあねさんしら糸さんよどこの女中かしらないかたが、なにかおまいによふあるそうにあふてやらんせ、白糸さんへいゑば白糸二かいおをりてわしおたづぬる、女中というわおまへさんかへなに用でござるいへばお安ははじめてあふて、わしは青山百人丁のすゞ木もんどの女ぼでござる、おまへみかけてたのみがござるもんどからだはつとめのみぶん、日々のつとめもおろそかなればすへわごふちもはなれるほどに、せめて此子が十ヲにもなればちうやあげづめなさりよと、まゝよどふぞそのうちもんどふどのに三どきたなら一どは、あげて二どはゐけんおして下さんせいへば白糸言ばにつまり、女ぼうもちとはゆめさらしらずほんに今までさぞ、にくかろふいけんヲしませうよいうて白糸二かいへあがり、お安ふたりの子供おつれてさらばわがやへ立かへる、ついに白糸もんどにむかひおまい女ぼうが子供おつれて、わしおたのみにきましたほどにけふはおかへりとめてはすまず、いへばもんどはにッことわらゐおいておくれよ久しいものだついに其日もゐつづけなさる、までどくらせどかへりもしないおやす子供おあいてにいたし、もはや其よもはやあけぬればしはい方よりおつかいありて、もんど身もちがふらちなゆへにふちもなにかもめしあげられるあとで、お安はとほふにくれてあとにのこりし子どもがふびんふちにはなれて、ながらへいればたわけものじアトいわれるよりもぶしの女ぼじやじがいおしおとさらば一間へはいり行やんれへ

これは全国各地に伝承される口説き音頭のうち、「鈴木主水」「鈴木主水と白糸口説き」「橋本屋白糸口説き」等の名で呼ばれる一首（曲）の前半部分である。口説き音頭と比較して全体のちょうど半分の長さであるので、このおもちゃ絵は二枚組の一枚目に当たるものと推測される。物語はこの後すぐにお安が自害し、それを知った白糸もお安への義理立てから自害する。さらに鈴木主水

自身も後を追い、子供二人のみが残されるという悲劇で結ばれる。

⑥その他

おもちゃ絵の歌謡資料にはこの他にも流行歌謡、長唄、清元、めりやす、大津絵節、都々逸等々のコマ絵が存在する。管見に入ったものには、流行歌謡の「しんぱんりきうぶし」（歌川国利画、刊年未詳、芳寿堂板［求版］明治十九年〈一八八六〉、山口芳板）、長唄の「しん板四季のをさらい」（歌川芳藤画、刊年未詳、大橋板）、清元の「新版清元おちうどもんく尽し」（未詳）、大津絵節の「新板大津絵ぶし」（勇為画、刊年未詳、板元未詳）があり、瀬田貞二『落穂ひろい』紹介のめりやすのコマ絵や無題の都々逸のコマ絵（架蔵）もある。また、『よし藤 子ども浮世絵』によれば、清元「梅の春」のおもちゃ絵も存在するようである。

錦絵の一枚摺歌謡資料には、双六の形式を採る例も見られる。東京都立中央図書館東京誌料文庫には、江戸時代末期から明治時代初期に至る多くの双六が所蔵されているが、そこには歌謡にかかわるものも散見する。このうち、ちんわんの歌謡の双六版については、小著『近世歌謡の諸相と環境』（平成十一年・笠間書院）において紹介したので、ここでは省略に従いたい。また、藤田徳太郎の往年の名著『近代歌謡の研究』（昭和十二年・人文書院）表紙には、「新版看々踊双六」（日本橋通弐丁目・総州屋与兵衛板）が印刷されている。おそらく藤田の自家薬籠中には、多くのおもちゃ絵や双六の歌謡資料も存在していたのであろう。その早逝がつくづく残念でならない。

おわりに

以上、近世歌謡にかかわる絵画資料を分類し、それぞれの代表例のうち、未紹介のものを中心に具体的に取りあげてきた。これらの流れは、明治時代初期のおもちゃ絵で終止符が打たれたわけではない。近代に入ると『どんたく』『三味線草』『春の鳥』『露地のほそみち』等、竹久夢二の一連の歌謡絵本がある。夢二には絵画の画賛に歌謡が書き入れられた例も見られる。例えば、昭和五十七年二月に高島屋京都店で開催された夢二展には「爪切り図」と題する一軸が出品された。その画賛には「しのぶともよそへしらゆな、添はぬがうき世、名こそおしけれ」と歌謡が書き入れられ、「昔の小唄にそへて」とある。また、夢二郷土美術館にも美人画枕屏風の一点に「古謡によせて」として、「ねたかななんだかまくらにとへば、まくらものゆたねたとゆた」という歌謡画賛を入れるものがある。(注5) ともに室町小歌以来の表現を踏襲した歌謡と言える。夢二については、さらにかなりの例が存在している。(注6) 歌謡研究における絵画資料への目配りは、近世のみならず、中世から近代までの広い範囲において有効であることが確認できるのである。

（注1） 拙稿「近世歌謡資料二種―『絵本倭詩経』・『和河わらんべうた』―」（『早稲田実業学校研究紀要』第二〇号〈昭和六十一年三月〉）、「『山家鳥虫歌』と『諸国盆踊唱歌』―東洋文庫蔵『諸国盆踊り唱歌』をめぐって―」（『研究と資料』第二二輯〈平成元年十二月〉）、「『山家鳥虫歌』と『鄙廼一曲』―近世民謡の世界―」（『国文学 解釈と鑑賞』第五五巻第五号〈平成二年五月〉）、「近世歌謡資料一考察―絵画資料の紹介、並びに位置付けを中心に―」（『学大国文』第三七号〈平成六年一月〉）、「寛永期歌謡の諸相と周辺文芸」（『伝承文学研究』第四二号〈平成六年五月〉）、「白隠慧鶴と近世歌謡（一）（二）（三）（四）（五）」（『禅文化』第一六八号～第一七二号〈平成十年四月～平成十一年四月〉）、「仙厓義梵画賛の世界」（『大阪教育大学紀要（第Ⅰ部門）』第四七巻第一号〈平成十年八月〉）等。いずれも小著『近世歌謡の諸相と環境』（平成十一年・笠間書院）に収録。

（注2） この初代市兵衛の嫡子で二代目の市兵衛となった人物は、狂歌作者としても著名であ

り、その名を加保茶元成といった。

（注3）『奇書珍籍』第二輯掲載の『潮来図誌』（天保十年〈一八三九〉刊）には巻末に「爰に載するは我先祖五郎四郎なるものいたこぶしといふ唄を作り、今にもつぱら世間にてうとふなり」として、八首を載せる。これについては、『潮来絶句』の詳細な紹介とともに、別の機会に論じることとする。

（注4）ちんわんの歌謡の歌詞の成立時代推定については、前掲小著『近世歌謡の諸相と環境』第二章第八節を参照願いたい。

（注5）この絵には少なくとも他に二点が存在している。管見に入った一点は天江富弥氏宛の二曲一隻屏風（大正十四年に少年山荘で描かれた作品）で、同じ画賛の後に「古民謡一首」とある。もう一点は日下四郎・岡部昌幸『竹久夢二 愛と哀しみの詩人画家』（平成七年・学習研究社）九四頁掲載の、夢二の恋人であったお葉の写真の背景に写る二曲一双屏風である。

（注6）例えば「忘れ団扇図」には「古曲一首」として「涙なかけそ春の夜の、紅の小袖はかざすとも、いつ乾くべき灯の影に、泣きそな泣きそ春の鳥」の画賛、「三味線図」には「うそと誠のふた瀬川、だまされぬ気でだまされて、すへは野となれ山となれ、わしが思ひは君ゆへならば、三股川の船の内、心のうちをおんさつし」の画賛が見える。さらには「秋の夜図」の「秋の夜は長いものとはまんまるに……」、「夜の雨図」の「夜の雨もしや来る

かと萱草……」といった画賛の歌謡も確認できる。また、「清十郎殺さばお夏も殺せ、いきてうきめをみせうより」という清十郎節をそのまま画賛に用いた「お夏狂乱図」もある。以上の他、野長瀬晩花の「三味線をひく女図」には「生るゝも育ちも知らぬ人の子をいとほしは何の因果ぞの」という「隆達節歌謡」賛を夢二が書き入れている。

［付記］　本稿は平成十一年度文部省科学研究費補助金（基盤研究C、「江戸期流行歌謡資料の基礎的研究」）による研究成果の一部である。

後記

今回の講演録に収録したのは、平成九年五月に「よみがえる宗安小歌集」と題して、当館が幻の室町時代の小歌集として知られていた笹野堅氏旧蔵の原本『宗安小歌集』を購入した記念に、展示会と共に開催した講演会において友久武文、池宮正治、飯島一彦の三氏が講演された記録を中心とする。加えて、同年十二月沖縄における講演会「大和から吹く風―沖縄文学の近世と近代―」から嘉手苅千鶴子氏の沖縄の和歌に関する講演記録、さらに同年六月の当館文献資料部における調査員大会での当館客員教授外村南都子氏の講演記録、それに同じく小野恭靖氏にお願いした特別寄稿を合わせて一冊としたもので、中心のテーマは、中世、近世の歌謡である。

すなわちまず外村氏の「早歌と道行―菅原道真の旅を中心に―」は、鎌倉時代成立の長編歌謡である早歌の道行《みちゆき》について、道真の旅の詞章を中心に考察され、地名列挙の形式のほかに、浄土への道筋や人物の事績を述べる形も、道行と捉えうることを論じられたものである。飯島氏の「『宗安小歌集』実見―研究の再構築をめざして―」は、『宗安小歌集』の現状について周到な書誌学的考察を加えられ、編者の宗安および筆者の有庵三休を追求し、筆者について久我家の敦通と日勝の両説あるうち後者の可能性が強いことを論じられたもの。また友久氏の「『田植草紙』歌謡の性格―研究史にそって―」は、田植歌のうち囃《はや》し田のそれにおける親歌、子歌の掛け合いとオロシという要素に注目して、その風流踊り歌との関わりを論じながら、二つの別々の要素の組み合わせというところに田植歌の性格を考えられたもの。池宮氏の「琉歌の世界」は、叙情的短詞形である琉歌を、本土の和《やまと》歌と対比させつつ、実際に三線で唄われるものとしての特質を論じられたもの。嘉手苅氏の「近世沖縄の和歌」は、沖縄固有の文学以外の、もう一つの沖縄文学の柱である和歌、和文について、その担い手がすべて官人、僧侶などの男性である事実など、琉歌における和歌受容の実態を中心に示されたもの。小野氏の「近世歌謡の絵画資料」は、近世歌謡について、画賛その他の形で絵画資料に書き加えられた詞章を縦横に博捜して論じられたものである。

いずれも歌謡という、いわば日本文学の原点でもあり、古来人々にもっとも親近性を持たれて来た文芸について、それぞれご専門の立場から詳細かつ明快に語っていただいた。これによって、底知れない多様さと広がりを持った歌謡文学の相貌が、見えて来るような気がする。

平成十二年一月

国文学研究資料館　整理閲覧部参考室

鈴木　淳

歌謡　文学との交響

二〇〇〇年二月二十日　初版発行

編　者　国文学研究資料館
　　　　代表　松野陽一
発行者　片岡英三
印刷　製本　亜細亜印刷株式会社
発行所　606-8204 京都市左京区今出川通川端東入
　　　　株式会社　臨川書店
　　　　電話（〇七五）七二一—七一一一
　　　　郵便振替　〇一〇七〇—二—八〇〇

落丁本・乱丁本はお取替え致します
定価はカバーに表示してあります

ISBN 4-653-03549-0　C0392